회사때려치우고 카페합니다

회사 때려치우고 카페 합니다 7

초판 1쇄 발행 2024년 11월 25일

지은이 ㅣ 성상헌
발행인 ㅣ 최원영
편집장 ㅣ 이호준
편집디자인 ㅣ 박민솔
영업 ㅣ 김민원 조은걸

펴낸곳 ㅣ ㈜ 디앤씨미디어
등록 ㅣ 2002년 4월 25일 제20-260호
주소 ㅣ 서울시 구로구 디지털로32길 30 코오롱디지털타워빌란트 1301-1308호
전화 ㅣ 02-333-2513(대표)
팩시밀리 ㅣ 02-333-2514
E-mail ㅣ papy_dnc@dncmedia.co.kr
블로그 ㅣ blog.naver.com/gnpdl7

ISBN 979-11-364-5801-8 04810
ISBN 979-11-364-5429-4 (SET)

※ 저자와 협의하여 인지는 붙이지 않습니다.
※ 이 책은 ㈜ 디앤씨미디어(파피루스)가 저작권자와의 계약에 따라 발행한 것으로 본사와 저자의 허락 없이는 어떠한 형태나 수단으로도 내용을 이용할 수 없습니다.

PAPYRUS MODERN FANTASY

회사때려치우고 카페합니다

펩티드 현대판타지 장편소설

CAFE MENU
OPEN DAILY

1장 ················· 7

2장 ················· 69

3장 ················· 133

4장 ················· 197

5장 ················· 261

1장

 당연한 말이지만 그냥 뱀은 아니었다. 아까 나간 남자의 곁에 붙어 있던 아우라의 뱀이었다.
 '아니, 이걸 이렇게 물고 올 수가 있어?'
 이미 미호가 해맑게 물고 왔으니 불가능한 일 아니었냐고 되묻는 건 의미가 없겠지만.
 그래도 신기하긴 했다.
 그나저나…… 이건 어떻게 하지?
 고양이들이 보은한다고 쥐나 지렁이 같은 걸 물고 온다면 이런 느낌이려나?
 조금 난감했다.
 그것도 멀쩡한 아우라의 뱀도 아니고 칙칙한 아우라의 뱀이라니. 별로 가까이하고 싶지 않았다.

'그렇다고 그냥 버릴 수도 없고.'

난감하던 찰나, 문득 쑥쑥이의 정화 재능이 떠올랐다.

커피 찌꺼기에도 있는 효과지만 그보다는 쑥쑥이의 것이 지금 상황에 맞을 듯했다.

"아 참. 마실 것도 없네. 뭐 좀 줄까?"

"그냥 주시는 거예요?"

"왜 그러세요. 손님."

"우리 팀장님…… 많이 변하셨네. 그냥 아이스 아메리카노 한 잔만 주십쇼."

"오냐."

자연스럽게 배준성과 대화하다가 음료를 만드는 척 주방으로 들어가서, 그대로 뒷마당으로 나왔다.

미호는 왜 안 받아 주냐는 듯 계속 따라왔다.

어쩌다 저런 걸 물어와서는.

"쑥쑥아. 이거 정화할 수 있어?"

사라락~

쑥쑥이에게 미호가 물고 있는 아우라의 뱀을 가리키며 묻자 나뭇잎이 흔들렸다.

그러자 청량하면서 신선한 아우라의 바람이 불어왔다. 아우라의 바람은 그대로 나를 지나쳐 미호가 물고 있는 뱀도 훑었다.

쩌저적!!

쑥쑥이의 아우라가 뱀에 닿자 갈라지기 시작했다. 그리고 이내 완전히 부서져 그대로 사라졌다.

'됐네.'

미호는 갑자기 사라진 뱀에 대해 의아한 듯 고개를 갸우뚱했지만, 다행히 별로 신경은 안 쓰는 듯했다.

오히려 쑥쑥이의 아우라에 궁금한 듯 폴짝폴짝 뛰며 바람을 잡으려고 했다.

웃긴 녀석.

아무튼 다행히 아우라의 뱀은 해결하는 듯했는데…….

"응?"

뱀이 사라진 자리에 지난번에 우성수 씨의 목장에서 오염된 땅을 정화하고 나온 것과 비슷한 게 나왔다.

그땐 땅의 정수였는데, 이번엔 '업의 정수'라는 차이점이 있었지만.

[업의 정수]
*효과
—터의 주인 성장 촉진

어쨌든 비슷한 것이었다.

이런 게 나올 줄은 예상 못 했는데 생각해 보니 오염된 땅도 정화한 뒤에 나왔으니 예상 못 할 일도 아니었다.

"업의 정수라……."

효과를 보면 내가 써야 하는 거였다.

바로 써 볼까 싶었지만, 왠지 지금 쓰면 안 될 것 같았다. 밖에 배준성도 있으니…….

"쑥쑥아. 네가 잠깐 가지고 있어 줄래?"

사라락~

말이 끝나기 무섭게 업의 정수가 떠올라 쑥쑥이의 나뭇잎으로 가려졌다. 이런 모습도 참 신기한데 말이지.

아무튼 너무 오래 자리를 비웠으니 일단은 다시 안으로 들어갔다.

그리고 자연스럽게 커피를 내려서 배준성에게 줬다.

"커피가 밖에 있나 봐요?"

"그럴 리가. 잠깐 나갔다 왔어."

"아. 그래요?"

"왜? 뭐 하고 싶은 말 있어?"

"아니, 뭐. 지금은 또 그냥 팀장님 같아서요."

이건 또 무슨 소리래.

"아까는 진짜 무슨 살벌한 눈빛이었다니까요?"

"살벌하긴 무슨."

"진짠데."

배준성의 말에 부정하자 녀석은 고개를 갸웃하며 커피를 마셨다.

그러고는 탄성을 지르며 감탄했다.

"와! 이거 왜 이렇게 맛있어요? 무슨 원두지? 완전 좋은데요?"

"그래? 다행이네."

배준성의 커피 취향까지는 몰라서 그냥 대중적인 고소한 맛 위주의 원두를 블렌딩했다.

그런데 딱 취향 저격을 했나 보다.

안 그래도 아까 일로 고마웠는데 다행이다.

딱히 아우라가 나쁜 상태는 아닌 것 같아서 효과는 적당히 넣었다.

약한 피로회복과 약한 심신 안정 정도.

그런데도 저렇게 좋아하는 걸 보니 그냥 강화 좀 시켜 줄까 싶었지만 뭐, 그거야 나중에 줘도 되니.

"그래서. 진짜 왜 왔어? 김 대리한테 듣고 그냥 온 건 아닐 테고."

"아, 그거요? 블루 카멜리아 알죠?"

"블루 카멜리아? 고나은 씨 그룹?"

"예."

"알긴 아는데."

갑자기 여기서 고나은과 블루 카멜리아는 왜 나오지? 얘는 또 무슨 생각인지 모르겠네.

"제가 거기 소속사 사장입니다."

"……응?"

"신기하죠? 저도 팀장님이랑 애들이랑 알고 있는 걸 듣고 깜짝 놀랐다니까요?"

"아니, 진짜?"

소속사의 사장님이라니, 그게 그렇게 될 수가 있나?

김정현에게 들을 때만 해도 엔터테인먼트 쪽에 취업을 한 줄 알았다.

사실 그게 일반적인 상식이 아니던가?

나와 함께 회사를 다니던 직원이 퇴사하고 엔터테인먼트 회사의 사장이 됐다고?

연예인 좋아하고 또 덕질도 열심히 하는 건 알았지만…… 이건, 꿈에도 생각하지 못한 일이었다.

내가 기억하기로 걔 나이가 나하고도 조금 차이가 있는 걸로 아는데, 그렇게 어린 나이에 제법 큰 엔터테인먼트의 사장?

'능력이 있는 줄은 알았지만.'

대단한 일을 넘어서 엄청난 일이었다.

근데 또 배준성이 굳이 나한테 와서 거짓말을 할 이유도 없었다.

특히 내가 고나은과 알고 있는 사이를 안다면 말이다.

"진짜구나?"

"제가 어디 거짓말한 적 있습니까?"

"없긴 하지."

너무 없어서 가끔은 너무 대놓고 말하는 바람에 클라이언트와 문제가 생기기도 했다.

그걸 수습하는 건 나나 김정현이었고.

"대단하네."

"팀장님이 그렇게 말해 주시니까 뿌듯하긴 한데 별로 놀라진 않네요?"

"놀라긴 했는데?"

"……그게요?"

왜 아닌 것처럼 보이나? 이상하네.

근데 또 그렇게 말하니 그런 것 같기도 했다.

놀라긴 했는데 그러니까 음, 약간 '그래서 그게 나랑 무슨 상관인데?'라는 느낌이었다.

그러다 보니 반응도 약간 그렇게 나온 듯했다.

사실 맞는 말이니까.

예전 회사 동료가 대단히 성공한 건 축하 할 일이지만 그게 또 나와는 크게 상관없지 않은가.

"팀장님다운 반응이라서 딱히 이상하진 않네요. 그건 그렇고. 제가 좀 재미있는 얘기를 들어서요."

"재미있는 얘기?"

이제야 본론을 꺼내는 배준성의 모습에 조용히 집중했다.

고나은에게 혹시 뭔가 들은 게 있나?

"얼마 전에 애들이 다 왔다가 갔다고 하더라고요?"

"애들? 아, 블루 카멜리아. 그러고 보니 네가 그때 블루 카멜리아 얘기하지 않았나?"

"그죠. 충분히 빛날 보석인데 아쉬워했죠. 기억하시네요?"

"성공한 덕후네."

"팀장님이 그런 것도 알아요?"

수아 덕분에 알게 됐다.

아무튼.

"그게 얼마 전인가? 오긴 왔었지."

"근데 들어 보니까 팀장님이 여기서 카페를 하신다고 하지 않겠습니까?"

"······그래서 왔다고? 진짜 그것밖에 없어? 이유가?"

"저를 너무 속물로 보는 거 아닙니까?"

"속물까진 아닌데, 그렇다고 막 감성적인 놈은 아니라고는 생각하지."

"역시 정확하게 팩트로 때리시네."

물론 만나서 반가운 사람이었다.

어쨌든 나와는 회사에서 괜찮은 관계였으니까.

일 잘하는 부하 직원은 상사가 좋아할 수밖에 없었다.

다만, 김정현과 달리 딱히 사석에서는 만나지 않은 관계기도 했다. 적당히 회사에서 친하게 지내는 관계?

그래서 의아했던 거였다.

왜 굳이 찾아왔을까?

김정현이었다면 진짜 그냥 반가워서 왔다고 하겠다만.

"솔직히 말해 봐. 이유가 뭐야?"

"아, 이것 참······ 하필 그 인간이 왔다가 가서."

"응? 그 인간이면 아까 그 사람?"

"예. 사실 저도 그 수아라는 애한테 좀 관심이 있어서요. 공연하는 걸 봤거든요."

"아아······."

수아의 공연이라면 아마 그때 가정의 달 축제에서 했던 걸 말하는 거겠지.

확실히 그건 나도 대단하다고 생각하는 무대였다.

그렇다면 지금 엔터테인먼트 회사의 사장인 배준성의 관심이 있다는 얘기는 당연하게도 아티스트로서 관심이 있다는 얘기였다.
 그럼 방금 말이 바로 이해가 됐다.
 아까 그 사람이 질 나쁜 짓을 하려다가 걸려서 쫓겨났으니까.
 타이밍이 참 안 좋은 것이다.
 나야 얘가 그럴 거란 생각은 안 한다만, 아무래도 일이 진행되는 데 있어서 흐름이라는 것도 중요하니까.
 '사실 수아도 크게 신경 안 쓸 거 같긴 한데……'
 아무튼 그렇게 고개를 끄덕이니 녀석도 말을 이었다.
 "마침 팀장님도 여기 있다고 하니까 겸사겸사 알아볼 겸 온 건데, 오늘은 그냥 뭐 이것 때문에 온 걸로 해야겠네요."
 "왜? 수아한테 관심 있으면 수아한테 말하면 되지."
 마침 저기 오고 있네.
 잘 됐다. 블루 카멜리아가 소속된 소속사라면 오히려 수아에게는 더 좋은 기회일 수도?
 물론 회사 규모의 차이는 어떤지 모르겠지만, 그건 어차피 수아가 잘 알 거다.
 그러니.
 딸랑~ 딸랑~
 "아저씨!"
 문을 열고 뛰어들어온 수아의 모습에 피식 웃었다.
 기회가 될지 안 될지는 몰라도 자리는 마련해 줄 수 있을 듯했다.

아까 뺑 찼던 자리를 대신해서 말이다.

* * *

최인훈은 기분이 안 좋았다.
여기 깡시골까지 내려와서 전혀 소득도 없이 돌아가야 하는 사실은 물론.
"이건 또 왜 이래?!"
잘 타고 내려온 차가 갑자기 퍼지질 않나, 보험사에 전화를 했는데도 도대체가 구난차는 꽁지도 안 보였다.
'재수가 없으려니.'
하필 거기서 배준성을 볼 줄이야.
게다가 그 카페 사장은 도대체 뭐지?
마지막에 본 눈빛만 생각하면 아직도 손발이 떨렸다.
마치 범 앞에 놓인 토끼처럼.
두려움을 넘어선 공포심이 들었다. 왜 그런지는 모르겠다. 그냥…… 그랬다.
'시골 카페나 하는 촌놈인 줄 알았는데, 그런 것도 아닌 것 같고. 저 배준성이랑은 또 어떻게 아는 거야?'
처음부터 배준성이랑 아는 사이라는 걸 알았으면 작업을 해 볼 생각도 안 했을 거다. 그랬으면 이렇게 개고생하는 일도 없었을 텐데.
날은 더워지고 차는 퍼져서 에어컨도 안 나오는 최악의 상황이었다.

가만히 있는데도 땀이 계속 났다.
게다가 갑자기 배도 싸하게 아팠다.
"……일단 택시라도."
퍼진 차는 두고 가더라도 왠지 지금 바로 가야 할 것 같았다. 느낌이 안 좋았다.
하지만 여기 시골은 도시처럼 길바닥에서 택시를 잡기란 거의 불가능에 가까웠다.
텅 빈 시골 도로를 보며 식은땀이 났다.
이건 진짜 위험하다.
아까 카페 사장의 눈빛과는 다른 의미로 말이다.
"……크흠."
슬쩍 차에 있는 휴지를 챙겼다. 혹시 모르니.
다행이라고 해야 될지 불행이라고 해야 할지. 그래도 시골이라 수풀 속에 들어가 일을 볼 곳은 있는 듯했다.
그렇게 구난차가 오기 전에 위급 상황은 해결하고 보려는데…….
"악!?"
수풀 속을 잡는 순간 갑자기 종아리에서 통증이 느껴졌다.
화끈거리면서 마치 불로 지지는 듯한 통증이었다.
금방 사라지긴 했는데 너무 놀랐다.
순간 펄쩍 뛰며 수풀 밖으로 나와서 보니 뱀이 다리를 물고 사라지고 있었다.
"으아아!"

일이고 뭐고, 얼른 구급차부터 불렀다. 어디서 들은 건 있어서 급히 물린 다리는 동여맸는데 식은땀이 줄줄 흘렀다.

배는 아프고, 다리는 걱정이고.

총체적 난국이던 그때, 저 멀리 구급차가 보였다.

그래도 구급차는 일찍 오는구나 싶어 조금은 안심이 됐다.

구급차가 도착했다.

독뱀은 아니라는 말과 함께 응급조치를 받고 구급차에 실렸다.

그때 전화가 왔다.

받아 보니 경찰이었다.

갑자기 왜?

의아하던 찰나 사장에게도 전화가 왔다. 뭔가, 일이 안 좋게 흘러가고 있다는 게 본능적으로 느껴졌다.

아마 천유진이 최인훈의 지금 모습을 봤다면 텍스트창으로 상태를 봤을 거다.

[최인훈]
*효과
—업보의 굴레

왜 이런 일이 일어나고 있는지 말이다.

* * *

수아는 원래 생각하고 있던 소속사가 아닌 배준성의 소속사에서 관심을 보인다 말에 들떴다.

하지만 의외인 건 배준성의 반응이었다.

"지금 연습생으로 오는 것도 좋은데, 완전히는 말고 여름 방학 기간만 일단 해 보는 건 어때?"

"여름 방학만요?"

"그래."

배준성은 수아에게 여름 방학 동안 연습생 생활 체험을 권했다.

블루 카멜리아와 같은 소속사의 연습생이라면 수아는 무조건 오케이라고 했다. 다만 여름 방학만이라는 전제가 있었지만.

"그래도 해 볼래요!"

수아가 나와 배준성을 번갈아 보며 말했다.

나는 어깨를 으쓱이며 상관없다는 표시를 했다.

이건 여름 방학 체험 같은 거라서 따로 계약서 같은 것도 존재하지 않았다. 일종의 체험학습인 셈이다.

그러니까 내가 딱히 중간에서 뭘 할 필요도 없었다.

뒤이어서 온 수호도 얘기를 듣고는 괜찮은 듯 고개를 끄덕였다.

그런데.

"학생은 어디 소속사 없어요?"

"예? 저요?"

"그럼 설마 여기 아저씨한테 물었을까. 학생은 둘 중 하난데 말이야."

배준성이 뜬금없이 수호에게 물었다.

근데 이 녀석은 참, 말을…….

"백호 고등학교 야구부 소속이긴 한데요."

"……아니 그런 거 말고. 소속사 말이에요. 혹시 야구 선수예요? 에이전시도 없어요?"

"예. 그런 건 따로 없는데요."

"그래요? 흐음."

수호에게 관심을 보이는 배준성의 모습에 애가 뭘 하려나 싶었다.

걸그룹만 관심이 있는 거 아니었나?

하긴, 그 소속사에 걸그룹만 있는 건 아니긴 할 텐데.

"혹시 나중에 에이전시 구하려면 여기로 연락 줘요. 우리도 스포츠 선수들하고도 같이 일하려고 준비 중이거든요."

"아, 예. 뭐, 프로 되면 연락드리겠습니다."

"그 전에 연락 주면 더 좋고요."

배준성이 명함을 건네며 능글맞게 말했다.

못 본 사이 참 변한 듯했다.

물론, 나쁜 쪽은 아니었다.

배준성은 수아에게도 명함 하나를 주며, 여름 방학이 되면 연락해 달라고 했다.

대표가 직접 주는 명함에, 또 1:1 연락이라니…….

고개를 갸우뚱하는 수호와 바로 신나서 폴더 인사를 하는 수아의 반응에 나도 모르게 피식 웃었다.

그리고 그렇게 두 남매는 먼저 집으로 돌아갔다. 남은 건 배준성 하나.

이제 이쪽 얘기 좀 천천히 들어 보고 싶었다.

"그나저나 배 대리가 엔터테인먼트 회사 대표라니. 진짜 오래 살고 볼 일이네."

진짜 신기한 일이었다.

어떻게 해서 저 자리에 있게 된 건지도 조금 궁금해질 정도로.

"뭐, 딱히. 낙하산이에요. 낙하산."

"응? 낙하산?"

"예, 김정현이 말 안 해 줬어요?"

"그런 말은 안 하는데?"

김정현은 여기저기 살갑게 굴며 다니지만, 굳이 남 얘기는 잘 하지 않는 녀석이었다.

그래서 몰랐다.

"하여튼, 그 자식은……."

"낙하산이면 왜 굳이 우공에서 일 한 거야?"

우공은 배준성과 같이 다닌 회사였다. 그것도 엄청 크다고는 할 수 없는 회사.

구멍가게는 아니지만, 적어도 저런 회사를 낙하산으로 들어갈 수 있는 녀석이 올 이유는 없는데…….

"그땐, 좀 사연이 있었어요. 아무튼 지금은 하고 싶은 거 하고 삽니다. 근데 그건 팀장님도 마찬가지 같네요? 우공에서 죽어 나오거나 병들어 팽 당할 줄 알았는데."
"……내가 그 정도였어?"
"뭐, 꼭 우공이 아니었어도 정상이 아닌 사람 같긴 했습니다. 누가 일주일 내내 잠도 안 자고 일을 해요?"
배준성의 말에 민망해져서 헛기침이 나왔다.
참, 그땐 그랬었지.
지금은 그렇게 하라고 하면 못할 것 같긴 하다. 더 정확히는 안 할 것 같다.
그 정도로 의미 있는 회사 생활은 아니었으니까.
일 자체는 보람 있었지만, 결국 그 일을 통해서 남의 배만 불려 줬다는 사실을 너무 늦게 깨달았다.
"아무튼 오랜만에 보니 좋네."
"팀장님이 아직 거기 있었으면 바로 스카웃하는 건데 아쉽네요."
"지금은 왜?"
"왜긴요. 딱히 찌를 틈이 안 보이니까 그렇죠. 얼굴부터가 아주 광이 나시는데."
배준성의 말에 손으로 얼굴을 한 번 매만졌다.
그 정도인가?
"근데 내가 낙하산이라는데 궁금하지도 않아요?"
"응? 뭐가?"
"아니, 어떤 낙하산인지 안 궁금하냐고요."

"그게 왜?"

그거 뭐 안다고 달라지는 게 있나?

진짜 의아해서 되물었는데 배준성의 표정은 어이없음 그 자체였다. 내가 더 어이없네.

"왜? 자랑이라도 하게?"

"그렇게 말하니까 하고 싶긴 한데 어차피 안 통할 것 같아서 이미 재미없네요. 안 합니다. 안 해."

"왜, 한번 해 봐. 들어나 보자."

"됐습니다, 됐어요. 아, 맞다. 이 말도 하려고 했는데. 그 나은이랑 애들, 그리고 그 버섯돌이 고마워요. 애들 상태가 안 좋아서 좀 걱정이었는데."

"내가 뭘 했다고."

"애들 말 들어 보니까 여기서 완전 재충전 잘했다던데요? 사실 연예인들 겉은 화려한데 속이 썩어 있는 애들이 많거든요. 그것까지 관리해 주기가 쉽지 않은데…… 여기랑 팀장님 덕분에 애들이 숨통 좀 트였나 봐요."

"그래? 그럼 다행이고. 종종 오라고 해. 네가 대표니까 그 정돈할 수 있지?"

"……뭐 저야 좋죠."

"그래. 너도 종종 오고. 하고 싶은 일 하니까 좋아 보여서 굳이 안 와도 될 것 같긴 하다만."

회사를 같이 다닐 때 배준성은 정말 까칠함의 대명사였다.

여기저기 모가 나서 고슴도치 같은 녀석이었다. 그런데

지금은 그 가시를 이제 좀 컨트롤 할 줄 아는 녀석 같았다.
아까 쫓아낸 남자를 상대할 때와 수아, 수호를 대할 때 그걸 확실히 느꼈다.
역시 사람은 하고 싶은 걸 해야 하나. 회사를 같이 다닐 때 아직 뜨지 못한 원석의 아이돌만 골라서 좋아하는 모습을 보고 웬 이상한 놈인가 했는데.
이제 그런 일을 하는 사람이 되더니 사람이 참 변했다.
"이거 제 명함이에요."
배준성이 슬슬 일어나려는 듯 명함을 건넸다.

[정원 엔터테인먼트]
─대표 배준성─

밝은 붉은빛이 도는, 화사하면서도 깔끔하고 고급스런 명함이었다.
근데 묘하게 어디서 본 것 같다.
이런 명함을 어디서 봤더라.
회사 다닐 때 워낙 많이 받아서…… 뭐, 아마 그중 하나겠지.
"그래. 자, 내 것도 받아라. 이건 쿠폰 겸 명함."
"쿠폰이요?"
"도장 다섯 개를 찍으면 음료 한 잔 무료야."
"열 개가 아니라요?"
"알다시피 여기가 하도 멀어서 열 번이나 오기 쉽지 않거든."

"하긴. 올 때 좀 멀긴 했어요. 그 애만 아니었어도 안 오는 건데."

"수아가 진짜 괜찮았어?"

"제 눈 알잖아요. 숨은 보석 감별사인 거."

"숨은 보석 감별사는 모르겠고, 어쨌든 잘 부탁해. 덕분에 오늘 사기꾼 하나 걸렸네."

으쓱!

"저 아니어도 어차피 걸렸을 것 같은데요 뭐. 오히려 제가 감사하죠. 덕분에 좋은 인상 남겼잖아요?"

배준성의 말에 고개를 살짝 끄덕였다.

어쨌든 둘 다 오늘 타이밍이 잘 맞았다.

배준성은 수아를 보고, 나는…… 업의 정수라는 것도 얻고 말이다.

* * *

오랜만에 만나 이것저것 얘기를 나누던 배준성까지 떠난 뒤, 바로 퇴근하지 않고 마당으로 나왔다.

업의 정수라는 걸 사용해 볼 생각이었다.

땅이 아닌 사람의 능력을 성장시켜 준다니…… 너무 궁금했다.

배준성이 아니었으면 아예 오늘 일찍 영업 종료했을지도.

"그럼, 어디."

쑥쑥이의 밑에 자리를 잡고 앉았다.

별다른 의미는 없었다. 집까지 갈 시간도 아쉬워서였다.

카페의 안보다는 여기가 나은 것 같기도 했고.

올리고 싶은 능력은 당연히 터의 가호, 아니면 만생공이었다. 이 둘이 성장하면 다른 재능들이 전체적으로 좋아지는 게 느껴졌기 때문이다.

이를테면 터의 가호(2성)의 재능 중 하나인 개안(3성)의 경우만 봐도 그랬다.

터의 가호가 1성일 때보다 2성일 때, 2성일 때보다 3성일 때 더 많은 것을 볼 수 있었다.

개안은 계속 3성의 등급이었지만 말이다.

재능의 본질적인 등급을 올려 준다고 해야 하나?

그러니 할 수 있다면 터의 가호나 만생공을 성장시키는 게 좋았다.

하나를 올려도 전체적인 능력이 성장하니까.

물론, 이건 내 생각이었다.

"……안 되는 건가?"

눈을 감고 업의 정수를 터의 가호와 만생공에 사용한다고 번갈아 가며 떠올려 봤지만, 큰 효과는 없었다.

아무래도 전체 능력을 올리는 건 과욕이었나 보다.

그렇다면 많은 재능 중에 뭘 성장시켜야 할까?

사실 조금은 예상했던 거라 미리 생각해 둔 게 있었다.

바로 터 관리.

다른 건 당장 성장시킬 필요가 없지만 이건 지금 필요했다.

다시 정좌를 취했다.

그리고 업의 정수를 떠올렸다.

보석처럼 빛을 내는 업의 정수가 머리로 날아와 그대로 스며드는 게 느껴졌다.

스르륵!

팟!

텃밭을 확장할 때와 비슷한 느낌이었다.

따뜻하면서도 시원한 바람이 온몸을 훑고 지나가는 듯한 감각의 확장이다.

차이점이라면 텃밭의 확장은 당연히 텃밭이 커졌지만, 이번엔 그게 나라는 것 정도?

뒤이어 터의 관리 재능에 사용하겠다고 떠올리자, 그런 감각이 더 커졌다.

마치 내가 쑥쑥이만큼 키가 큰 것 같은 느낌이었다. 거인이 되어 주변을 아울러 보는…….

"아."

그 감각은 오래가지 않고 사라졌다.

눈을 뜨고 주변을 봤다.

마치 전방위를 보고 있는 듯한 착각이 들었다.

스윽.

고개를 의식적으로 돌려 공터를 보려 했다. 그러자 자

연스럽게 시야가 변하며 공터가 느껴졌다.
그리고 카페, 나무 그늘 아래, 지붕 위.
모두 느껴졌다.
'보이는 게 아니야.'
말 그대로였다.
이 신비로운 감각은 범의 영역 팻말이 새겨진 여름 쉼터까지도 확장이 됐다.
원래도 가능하긴 했지만 머리가 멍해지는 부작용이 있었는데, 이제 그런 건 없었다.
그리고……
"됐다!"
터의 관리(2성)으로의 성장이 여름 쉼터를 임시가 아닌 정식 쉼터로 받아들였다.
그 사실을 깨닫자 절로 탄성이 나왔다. 하지만 여기서 끝난 게 아니었다.
우우웅!!
새로운 쉼터를 받아들이며 쉼터의 영역이 확장됐다.
아우라들이 춤을 추며 터를 날아다녔다.
이제 막 여름의 노을이 지는 시간.
춤추는 아우라들의 모습을 통해 노을이 비쳤다.
아름답다.
아찔하게 반짝거리는 보석들이 하늘에서 뿌려지는 듯했다.
그리고 그 보석들은 이내 땅으로 내려와 싹을 틔웠다.

어떤 것은 나무가 되고, 또 어떤 것은 꽃이 되며. 그렇게 흙과 물에 스며들어 하나가 되었다.

"어?"

그리고 그중에서 가장 빛이 나는 건 이번에 새롭게 얻게 된 여름 쉼터의 물이었다.

노을이 마치 아침의 윤슬처럼 흐르는 물에 반짝였다.

〉수생(2성)

만생공의 하나가 성장하는 것을 느끼며 확장되었던 감각이 서서히 사그라졌다.

정적이 찾아왔다.

너무나 커졌던 감각이라 원래 내 감각으로 돌아오자 그 간극을 이겨 내고자 마치 차단한 듯했다.

눈도, 귀도, 코도.

아무것도 느껴지지 않는 가운데…… 미세한 바람의 흔들림이 먼저 찾아왔다.

쑥쑥이의 나뭇잎이 흔들리며 내는 바람이었다.

그리고 점점 그 감각에 이어서 하나씩 돌아왔다.

텃밭의 풍경이 보이고, 신선한 공기가 숨을 트이게 만들었다.

"후우—."

돌아오는 감각들을 갈무리하며 일어섰다. 그리고 쑥쑥이의 기둥을 쓰다듬어 주며 감사를 표했다.

"고마워."

사라락~

별거 아니라는 듯한 쑥쑥이의 반응에 미소가 지어졌다.

물론 옆에서 든든하게 지켜 준 브라우니와 어디서 또 장난치다가 부리나케 달려온 미호에게도 고맙다고 전했다.

이번 성장은 모두와 함께 이룬 것이기도 하니까.

"어쩌다 보니 두 가지나 얻었네."

터의 관리만 성장시키려 했는데 만생공의 수생 재능도 성장했다.

그리고 또 다른 쉼터도 얻었다.

▶여름 쉼터
*상태
―활성 중
*효과
―더위 면역
―심신 회복

"그 양반은 괜찮으려나."

업의 정수를 주고 간 그 사람이 문득 생각났다.

물론 금방 지워졌지만.

그보다.

"……퇴근해야겠다."
이래저래 참 긴 여름의 하루였다.
내일은 김도혁 씨가 온다고 했으니 얼른 퇴근하고 내일을 준비하기로 했다.

* * *

다음 날.
어젠 집에 돌아와서 완전히 곯아떨어졌다.
여기 처음 왔을 때를 빼면 오랜만이었다. 그렇게 꿀잠을 잔 건.
덕분인지 아침에 몸이 엄청 개운했다. 과장을 조금 보태서 날아갈 듯했다.
실제로 카페까지 오는데 숨이 하나도 안 찼다.
같이 산책하던 한송이가 의아할 정도.
"또 혼자 뭐 좋은 거 드셨죠?"
"이젠 한 작가님도 수아가 할 법한 말을 하시네요."
"좀 배웠어요."
배시시 웃으며 말하는 한송이의 모습에 어이가 없어서 반응이 고장 났다.
수아한테 그런 걸 배우다니. 괜찮은 건가.
"……커피 드릴까요?"
"조금 있다가 자야 돼서 커피는 좀 그러네요."
"또 밤새우셨군요."

밤샌 것치고는 상태가 괜찮아 보여서 몰랐다. 그렇다면 커피보단 다른 게 좋을 듯한데.

"우유 따뜻하게 데워 드릴까요?"

"그러다가 여기서 자는 거 아니에요?"

"그건 곤란하겠네요."

"풉! 아니에요. 그걸로 주세요. 설마 진짜 자겠어요?"

사실 자도 상관은 없긴 했다.

테이블 쪽에 엎드려서 자는 것 정도는 손님이 와도 크게 방해되는 건 아니니까. 코를 골면 또 모를까.

다만 어차피 그렇게 자면 불편할 것 같아서였다.

낮잠 잠깐 자는 것도 아니고 밤새고 난 뒤인 만큼 제대로 푹 자는 게 좋을 듯하니까.

근데 뭐, 본인이 괜찮다고 하니 우유나 살짝 데워 주기로 했다.

그냥은 아니고 꿀을 조금 넣었다.

달달하면서도 피로 회복에 좋은 효과가 있으니 지금 한송이에겐 딱이었다.

"음~ 좋네요. 달달 고소해요. 꼭 그거 같아요. 자판기 우유의 고급 버전?"

"자판기 우유 맛있었죠."

"어? 드셔 보셨어요?"

"그럼요. 현장 나갈 때 자주 마셨죠."

거긴 자판기 커피, 우유, 코코아 등이 제맛인 곳이었으니까.

한송이가 우유를 마시는 동안 나는 커피를 내렸다.

원래 어제 집에 가서 김도혁 씨에게 어떤 커피를 줄까 고민하려고 했는데 곯아떨어져서 못 했다.

근데 생각해 보니 어차피 취향도 모르는 터라 그냥 잔게 오히려 다행이었다. 생각해 봤자 머리만 아팠겠지.

"커피 향 맡으니 커피도 땡기네요."

"낮에 자고 와서 드세요."

"그래야겠어요. 아 참! 어제 수아한테 사기꾼이 왔다면서요?"

"그새 수아가 얘기했습니까?"

"그럼요~ 얼마나 깜짝 놀랐다고요. 근데 알고 보니까 나윤 씨, 도윤 씨도 알고 있는 사람이던데요?"

그건 또 몰랐네.

하긴 전공은 달라도 연예계에서 꽤 활동했으니 알 수도.

나중에 또 비슷한 일이 있으면 도움을 요청할 수도 있겠다.

강도윤은 여기 살기도 하고 말이지.

마침 저기 이선아와 함께 백구 산책 겸 이쪽으로 오고 있었다. 오늘도 아주 파김치 모드다.

"저희 왔습니다."

"안녕. 안녕하세요, 언니."

두 사람이 안으로 들어오며 인사를 했다.

근데 선아 넌 왜 나는 인사가 짧아?

"커피?"
"응."
둘은 아이스 드립 커피를 내려 주기로 했다.
요즘은 이게 아침 일상이었다.
이렇게 모여서 수다도 좀 떨다가 헤어지는 것이다.
가끔은 브런치도 해 먹었다. 그건 꽤 즐거운 시간 중 하나였다.
아침엔 이 사람들하고, 또 오후엔 수아하고.
카페 영업의 시작과 끝이 아주 좋았다.
솔직히 이 시간들은 나도 힐링하는 시간 중 하나여서 내심 기다리는 시간이기도 했다.
"도윤 씨. 오늘은 뭐 했어요?"
"감자 파종했습니다."
"와~ 감자요? 맛있겠다!"
"예? 이제 막 심었는데요."
"그래도요~ 포슬포슬 감자 삶아서 먹으면 진짜 맛있는데."
이렇게 정보도 얻고 말이지.
가을 감자를 지금 심는구나.
한송이와 강도윤의 대화에 귀가 솔깃했다.
나도 텃밭에 감자 좀 심어 봐야겠다고 생각하는 사이, 담소는 어제 있었던 일들에 대한 것으로 넘어갔다.
당연히 수아의 일이었다.
단톡방으로 자랑도 할 겸 이것저것 다 얘기한 모양이

다. 덕분에 이렇게 얘깃거리가 있는 거니까 잘했다고 해야 하나.

이제는 진짜 단골이 된 이들은 그렇게 한참을 얘기하며 같이 쉬다가 돌아갔다.

물론 그래도 워낙 일찍 모인 거라 아직도 이른 시간이었다.

하루 시작하기 딱 좋은 시간이기도 했고.

"음."

아직 남은 커피를 마시며 그 소중한 시간을 보냈다.

그러면서 틈틈이 어제 얻은 터 관리도 알아봤다.

'이렇게 보는구나.'

각 터마다 효과를 볼 수 있었다. 그리고 그 효과를 마치 음료처럼 더 추가 할 수도 있는 것 같았다.

물론 이것도 지속적인 건 아니고 단발성이긴 했다.

효과도 커피처럼 내가 떠올릴 수 있는 효과들이 아니라 가지고 있는 만생공의 재능들로만 가능하지만. 그래도 이게 어딘가.

텃밭에 성장 재능을 불어넣을 수 있는 걸 보고 주먹이 절로 꽉 쥐어졌다.

할아버지의 특별한 당근.

거기에 정말 한 발짝 다가선 느낌이었다.

뭔가 할아버지와는 다르지만 조금씩 조금씩 따라간다는 느낌에 뿌듯함이 밀려왔다.

일단 텃밭에만 성장 재능을 부여하고 이제 터의 관리

재능은 잠시 넣어 뒀다.

커피도 다 마셨고 슬슬 영업 준비를 할 시간이었다.

빵도 만들고, 텃밭도 관리하고, 공터의 잡초도 또 뽑아야 한다.

"천천히 하지 뭐."

급한 건 없었다.

김도혁 씨도 오후쯤 온다고 했으니. 우선, 잡초부터 뽑자.

터의 관리로 이건 어떻게 못 하나.

"응? 진짜 안 되나?"

그냥 해 본 생각인데 왠지 될 것 같은 느낌이 들었다.

바로 터의 관리 재능으로 공터를 떠올렸다. 그리고 거기에 표적 탐지를 사용해 잡초만 골라내자…….

반짝! 반짝!

잡초 위에서 아우라들이 빛을 냈다.

"그거 혹시 뽑아 줄 수 있어?"

샤라랑~

아우라들이 공터 위를 날아다니기 시작했다. 그리고…… 진짜 하나둘 잡초가 뽑혔다.

'되네?'

아우라들에게 미약한 자아가 생긴 건 알았지만, 그래도 이게 될 줄이야.

터의 관리라는 재능이 아우라들에게도 영향을 끼친 게 분명했다.

그저 터를 떠돌다가 재능에 힘을 보태는 게 아니라 이제 하나의 일꾼으로도 움직일 수 있다는 뜻.

놀라우면서 반가운 일이었다.

하긴 미호도 어제 아우라의 뱀을 물고 왔다.

이제 아우라들도 그냥 떠돌기만 하는 존재가 아니라는 거다.

나와 같이 성장하는 존재.

그 말은 즉.

"잡초에서 이제 탈출인가."

샤라랑~

힘들지 않고 쉽게쉽게 잡초를 가려내는 아우라들은 오히려 일을 시켜 줘서 신난 듯했다.

쟤들이 하는 거라고는 공터를 떠돌며 노는 것밖에 없었으니 그럴 만도 했다.

노는 것도 일을 하고 난 뒤가 더 재밌으니.

"잘했어."

잡초들을 카페 앞에 쌓고 춤을 추는 녀석들을 칭찬해 주자 더욱 신나게 움직인다.

앞으로 잡초는 애들에게 맡겨도 될 듯했다.

깔끔하게 정리되는 공터를 보다가 뒷마당으로 나왔다. 여기선 또 시켜 볼 게 있었다.

"브라우니."

꾸르~?

"혹시 저기 옥수수 있던 자리 갈아엎을 수 있어?"

꾸르!

브라우니에게 밭을 갈아 달라고 부탁했다. 그러자 브라우니가 자신감 넘치게 답하더니 이제는 옥수수 대만 남은 곳을 갈아엎기 시작했다.

"쉽네, 쉬워."

이게 이렇게 쉬운 일이었던가?

더운 여름날 밭을 가는 노동을 했으면 아주 땀범벅이 됐을 텐데. 지금은 아주 뽀송뽀송했다.

이참에 조율까지 사용해서 아우라들의 사기도 올려 줬다.

그러자 사방에서 신난 듯 아우라들이 가루를 뿌리며 움직였다.

'이러니까 꼭 정령의 땅 같네.'

현실이 아니라 정령의 세계에 들어온 듯한 착각이 드는 풍경이 펼쳐졌다.

물론 이것도 계속 지속될 수 있는 일은 아니었다.

아우라들도 지치긴 하는지, 열심히 돌아다니던 녀석들이 하나둘 모여들었다.

그리고 쑥쑥이 아래에서 쉬듯 가만히 있었다.

"힘들어?"

샤라랑~

"그래. 그럼 좀 쉬어."

어차피 할 일은 다 했다.

아우라들에게 쉬는 시간을 주며 안으로 들어왔다. 녀석

들 덕분에 바깥일은 끝난 거나 다름없었다.

브라우니가 갈아엎은 텃밭은 조금 있다가 토리가 올 테니 그때 다시 하면 된다.

"……진짜 신비한 카페가 된 것 같은데 게 아니 그냥 신비한 카페네."

방금 든 생각에 이미 신비한 카페라는 걸 깨달았다.

아우라가 일을 돕고, 토끼가 밭을 관리하며 꿀벌의 여왕은 꿀과 함께 놀러 오는 곳이니.

"뭐, 상관없나."

특별한 카페든 뭐든 어차피 내가 할 일은 정해져 있었다.

오늘 새로 건조된 생두를 꺼냈다.

아침에 여유롭게 로스팅을 하는 건 기분이 좋은 일이다.

창가로 들어오는 아침의 빛과 잘 어울리는 일이라고 해야 하나, 아침의 여유와 닮아서 그럴지도.

원두를 볶는 일이라는 게 센 불에 막 볶아서도 안 되고, 또 너무 약한 불에 오래 볶는다고 좋은 게 아니니까.

그렇게 커피 향이 물씬 풍기다 보면 어느새 다 볶아진 원두를 만나 볼 수 있었다.

구릿빛의 예쁜 색이었다.

한 김 식히기 위해서 구멍이 뚫린 바구니에 뒀다.

그리고 창밖을 보는데,

"응?"

묘한 느낌이 들었다.
공터 쪽은 아니었다.
그보다 먼 쪽에서부터 느껴지는 감각이었다.
범의 영역이 펼쳐진 여름 쉼터.
거기에서부터 느껴지는 묘한 감각은 이내 호랑이 쉼터로 오는 오솔길 쪽으로 이어졌다.
누군가 오고 있었다.
'이제 이렇게도 손님이 오는 걸 느낄 수 있네?'
신기한 느낌에 잠깐 흥미를 가지다 이내 정신을 차렸다.
이러고 멍하니 있을 때가 아니다.
오늘의 손님을 맞이할 시간이었다.

* * *

김도혁 변호사는 아주 피곤했다.
검사에서 변호사로 전향한 뒤, 업무는 계속 쌓여만 가고 줄지 않았다.
이대로는 쌓인 업무에 그대로 눌려 버릴지도 모른다는 생각이 들 정도였다.
또 하나하나의 사건들은 얼마나 신경을 날카롭게 만드는가.
요즘은 누가 말만 걸어도 신경질이 났다.
이대로 다 그냥 놓고 산속에 들어가고 싶은 생각이 불

쑥불쑥 찾아오는 날이 이어졌다.

하지만, 그는 개천에서 난 용.

여기서 포기하면 이제 다시 매달릴 줄 따윈 없다.

그래서 악착같이 붙어 있었던 것 아닌가.

이 나라 최고 법무법인 소속 변호사라는 건 그런 곳이었으니까.

이 배지 하나 때문에 이렇게 버틸 수 있는 것이기도 했다.

그렇게 몸과 마음을 갈아가며 사는 나날이 이어지던 어느 날.

대표로부터 이상한 일을 부탁받았다. 갑자기 시골 어딘가의 카페에 갔다 오라는 부탁이었다.

어려운 건 아니었지만 왜 거기에 자신이 가야 하는 건지 의아하던 찰나.

문득 익숙한 동네라는 걸 깨달았다.

천호리 마을.

그곳은 그가 벗어나고자 떠났던 작은 개천이자 시골 마을이었다.

대표는 왜 자신을 여기에 보내는 걸까?

그것도 별로 중요한 일도 아닌 것 같은 것으로.

혹시 좌천?

안 좋은 쪽으로 생각이 기울자 표정에 표시가 났을까.

'좌천 그런 거 아니니까 걱정 말아요. 그냥 그 카페에 가서 커피 한 잔만 마시고 오면 됩니다. 주인하고 얘기를

나눠도 좋고.'
'정말입니까?'
'예, 갔다 와서 여기로 찾아오세요.'
대표실로 찾아오라는 말.
그 말에 부탁을 승낙했다.
그건 정말 용이 될 수 있는 가장 빠른 길이었으니까.
그리고 그렇게 다시 고향 땅을 밟는 순간, 김도혁은 새로운 세상을 만났다.
인생에 다시는 없을 큰 변곡점이 될 그런 세상을 말이다.
"그때 기억이 새록새록 나는군."
잠시 그날을 떠올려 보던 김도혁은 새삼스러운 눈으로 오솔길을 올려다봤다.
주인이 새로 바뀌고 처음 오는 곳이었다.
그가 알던 것과 비슷하면서도 다른 느낌이 물씬 풍겨왔다.
그리고 새로운 인연 또한…… 이어지는 것을 느꼈다.

* * *

카페를 찾아오기엔 꽤 이른 시간이었다.
심지어 꽤나 복장이 특이한 손님이었다. 평상복이 아니라 일하는 복장 같다고 해야 하나? 얇은 조끼 같은 옷에 퀵이라는 글자가 있었다.

"어서 오세요~"

"지금 영업하시나요?"

"예."

주춤주춤 들어온 남자는 내 말에 그제야 표정을 조금 폈다.

그리고 주변을 둘러보며 안으로 들어온 손님은 이내 마음에 드는 자리를 찾은 듯 그쪽으로 갔다.

완전 구석까진 아니었지만, 눈에는 잘 띄지 않는 곳이었다.

빛은 적당히 들어서 어둡지 않은 정도.

조금 특이하다면 특이하고, 평범하다면 또 평범한 자리 선정이었다.

그보다 특이한 점은,

'헬멧? 오토바이를 타고 온 건가?'

테이블 위에 올려 둔 헬멧을 보니 그런 것 같았다.

아직 카페를 둘러보는 듯하니 슬쩍 손님의 상태를 봤다.

들어올 때부터 아우라의 상태가 좋지 않았다.

[안치혁]
*상태
—현실의 차가운 벽에 자존감 하락
—현실과 꿈의 갈등 속에서 스트레스
—피로

―우울

 조금 복잡한 상태가 보였다.
 그냥 상태 이상은 아니었다.
 꿈이라…… 대체 어떤 꿈이길래 거기서 스트레스를 받고 있는 건지 아직은 감이 안 온다.
 그래서 좀 더 살펴보기로 했다.
 손님은 메고 온 가방에서 뭔가 주섬주섬 꺼냈다.
 뭔가 보니 책이었다.
 손님은 책을 펼쳐두고 내게로 걸어왔다.
 "저, 주문하려고 하는데요."
 "네. 어떤 걸로 드릴까요?"
 "아이스 아메리카노로 하나 주세요."
 "원두는 어떤 걸로 드릴까요? 산미 베이스, 고소함 베이스, 탄 맛 베이스 중에 고르시면 됩니다."
 "아, 음. 제일 센 걸로요."
 "센 거라면 다크 로스팅 된 원두 말씀이시죠? 알겠습니다. 금방 준비해 드리겠습니다."
 아주 진한 커피를 좋아하는 모양이다.
 완전히 다크 로스팅한 건 없지만 그거야 어렵지 않았다.
 강배전을 약배전으로 돌리는 건 아니니까.
 조금 로스팅을 오래 한 원두들을 골라 조금 더 로스팅하기로 했다.

고소한 향을 넘어서 조금은 진한 향이 날 때까지 볶았다.

그러자 거의 다크 초코 색깔의 원두가 나왔다.

이 정도까지 볶은 건 처음인데 생각보다 괜찮은 향이 났다.

진짜 진한 초코 향에 강한 로스팅 향이 난다고 해야 하나?

'이것도 괜찮겠는데?'

특히 라테로 만들면 딱 내 취향일 듯했다.

물론 너무 강하면 또 쓴맛이 올라올 수 있기 때문에 적절히 블렌딩은 했다.

덕분에 또 하나의 새로운 블렌딩 배합을 찾아낸 것 같다.

"향이 좋네."

내가 내리고 있지만 참 좋은 커피향이었다.

얼음에 넣어야 하니 입자를 곱게 해서 조금 진하게 내렸다.

성분이 많이 내려지는 건지, 커피색이 정말 진했다.

살짝 맛을 보니 향은 엄청 진한데 또 그렇다고 쓴맛은 나지 않았다.

딱 적당했다.

커피를 다 내리고 나서 손님 쪽을 한 번 살폈다.

'책을 보네.'

그것도 아주 집중해서 보고 있었다.

카페 와서 책을 보는 사람들은 종종 있는 일이었다.

한송이도 가끔은 와서 책도 보고 만화도 보고 했다.

그런데 저렇게 책을 펼쳐 놓고 뭔가를 쓰는 사람은 또 처음이다. 공부라도 하는 건가?

'커피를 줘야 하는데. 집중을 깨기가 미안할 정도네.'

왠지 지금 저 사람한테는 커피가 중요한 것 같지 않았다.

일단 내린 커피는 얼음과 섞지 않고 원액으로 냉장고에 보관했다.

그리고 카페 안 분위기를 집중이 잘되는 쪽으로 바꿨다.

터의 관리 재능을 통하면 보다 쉽게 그게 가능했다.

조율로 소리를 잔잔하게, 몰입과 끈기를 불어넣었다.

그러자 손님은 더욱 집중한 듯 다른 곳은 보지도 않고 책만 뚫어져라 봤다.

사락! 사락!

사각! 사각!

종이가 넘어가는 소리와 펜이 굴러가는 소리가 카페 안을 울렸다.

도대체 뭘 저렇게 공부를 하는 건지 문득 궁금해졌다.

하지만 괜히 물어봐서 방해할 수 있으니 조용히 참았다.

이따금 고개를 들긴 했지만 그건 집중하느라 목이 뻐근해서 근육을 푸는 것 같았다.

'효과를 불어넣긴 했지만 그대로 집중력이 좋네.'

왜 여기서 이렇게 책을 보는 건지 알 수 없을 정도였다.

얼굴을 보면 아직 어렸다.

기껏해야 스무 살? 스물 초반?

대학생 나이쯤 될 법한데…… 보통 저 나이면 대학교에 있을 나이가 아닌가?

아, 대학교는 지금 방학 중인가?

원래 여름 일찍 방학을 하는 게 대학생이니 그럴지도 모르겠다.

이런저런 추측을 하면서 손님의 모습을 유심히 살폈다.

그러다…….

"아."

또 목이 아픈 듯 고개를 든 손님과 눈이 마주쳤다.

손님은 잠깐 멍하게 눈을 마주하다가 이내 뭔가 깨달은 듯 황급히 이쪽으로 왔다.

"죄송합니다. 음료 나왔나요?"

"아뇨. 안 그래도 딱 원두가 동이 나서 방금 막 다 볶았습니다. 오히려 제가 죄송하네요. 설명을 드리려 했는데 집중하고 계신 것 같아서요. 괜찮으신가요?"

"예예. 괜찮죠. 휴우— 다행이네요. 그럼 지금 내리시는 건가요?"

"예. 금방 내리니 바로 드릴게요. 잠시만요."

책을 본다고 시간이 많이 지났다는 걸 인지했던 모양이다. 그래서 헐레벌떡 달려와서 사과한 거고.

나야 큰 상관 없는 일이라 슬쩍 괜찮다고 핑계를 댔다.

그러자 안도의 한숨을 내쉬는 걸 보니 참 풋풋한 모습이 아닐 수 없었다.

회사에 있을 땐 요즘은 신입도 저런 풋풋함이 없어진 지 오랜데 말이다.

그래서 그냥 빠르게 커피를 새로 내려 줬다. 시간이 지나서 아까 뽑은 건 그냥 내가 마실 생각이다.

"여기, 아이스 아메리카노 나왔습니다."

"감사합니다!"

"네. 편하게 마시면서 쉬세요."

커피를 들고 자리로 돌아간 손님은 다시 책을 봤다. 그런데 이번엔 바로 집중이 안 되는 듯 고개를 갸웃했다.

그러다 커피를 발견하고 한 모금 마셨다.

"와!"

카페 안이 워낙 조용해서 작게 한 감탄사가 내 쪽까지 들렸다.

손님도 그걸 인지했는지 민망한 듯 뒷머리를 긁다가 다시 커피를 맛봤다. 아니, 거의 반쯤을 한 번에 마셨다.

그러고는 이제 만족한 듯 다시 책을 봤다.

저 커피에는 카페 안에 붙여 놓은 효과와 비슷한 게 집중력에 좋은 것들로만 넣었다.

아마 아까보다 더 집중은 잘 될 거다.

'뭔지는 몰라도 그냥 저대로 두면 알아서 꿈 찾아서 가겠는데?'

저 정도 노력이면 그렇지 않을까?

물론 백 퍼센트 그럴 수 있냐고 물으면 그렇다고 답할 순 없긴 했다.

꿈이라는 게 무조건 노력한다고 이뤄지는 게 아니니까.

그건 재능도, 노력도, 또 운과 주변의 환경까지 다 복합적인 거였다.

그러니 그렇게까진 못해도 응원 정도는 할 수 있을 것 같은 모습이었다.

원래 뭐든 열심히 하는 사람은 괜히 응원하게 되지 않던가.

'나중에 꼭 꿈 이뤄서 저 상태가 없어졌으면 좋겠네.'

꿈이 뭔지도, 또 내가 이뤄 줄 수 있는 건지도 모르기 때문에 당장은 응원밖에 할 수 없는 게 아쉬울 따름이었다.

이런 적은 또 처음이네.

하지만 아쉬움도 잠시. 감각을 통해 또 한 명이 오솔길에 오르고 있는 걸 느꼈다.

터의 관리를 얻고 나서는 이게 참 좋은 것 같았다.

브라우니나 미호에게 따로 부탁하지 않아도 알 수 있으니까.

'그나저나 아는 얼굴이네.'

그렇게 먼저 손님이 오는 걸 알고 기다리며 그 공터로 올라온 손님의 얼굴을 봤다.

낯익은 사람이었다.

김도혁 변호사. 그가 조금 이르게 왔다.

* * *

김도혁 씨가 카페와 나를 번갈아 살펴보며 말했다.

"많이 변했군요."

"저 말인가요? 아님, 카페 말인가요?"

중의적인 표현에 고개를 갸웃하며 되물었다. 그러자 김도혁 씨는 둘 다라고 답했다.

"그런가요?"

"예, 서로 닮았습니다."

"설마 또 할아버지 닮았다고 하시는 건 아니죠? 그때도 말했지만, 얼굴은 제가 좀 더 낫습니다."

"하하…… 큼큼. 그 말은 할아버님도 하셨습니다."

내 말에 크게 웃던 김도혁 씨가 급히 헛기침하며 뒤쪽을 흘깃 보면서 작게 말했다.

아직도 책을 보고 있는 손님의 눈치를 보는 거였다.

음…… 책에 집중하는 모습은 보기 좋지만 어쨌든 이곳은 카페니까 괜히 다른 손님이 눈치를 보는 건 곤란했다.

다 같이 쓰는 공간이니까.

저 손님이게 김도혁 씨가 피해를 주면 안 되지만 또한

김도혁 씨도 저 손님으로부터 눈치를 볼 상황은 만들지 않는 게 좋았다.

그러니 김도혁 씨에게 그렇게까지 눈치는 보지 말라고 하려는 순간.

"저는 괜찮습니다. 보기 좋군요."

"양해해 주셔서 감사합니다."

김도혁 씨가 내가 하려던 말을 눈치 챘는지 먼저 괜찮다고 말했다.

그렇다면야 내가 뭐라 할 말은 또 없었다. 본인이 괜찮다고 했으니.

그건 그렇고.

"변호사님은 그대로시네요."

"늘 그렇죠 뭐."

그때, 이곳에 대해서 얘기해 준다고 만났을 때 이후로 처음 보는 거였다.

그런데 전혀 변하지 않았다. 마치 그때의 모습 그대로 복사한 수준이었다.

옷도, 머리도, 얼굴도.

자기 관리가 대단하다고 해야 하나, 지독하다고 해야 하나.

심지어 안경을 쓰고 있는 각도도 같은 것 같았다.

하나 다른 점이라면…… 사실 이것도 김도혁 씨가 달라진 게 아니라 내가 달라진 거긴 한데.

'아우라가 달라.'

김도혁 씨에게서 흐르는 아우라가 보였다.

그것도 격이 다른 느낌의 아우라가 말이다.

연초록빛의 바람 같은 아우라는 여태 봤던 아우라들과 좀 달랐다.

진하고 아름다우며, 맑고 밝았다.

또한 마치 김도혁 씨의 일부인 것처럼 보였다.

원래도 신비롭지만 그게 그 이상의 것처럼 보이게 만들었다.

미호와 브라우니 같은 자아를 가진 아우라와 하나가 된 느낌이라고 해야 하나?

'아냐. 그런 것과는 격이 달라.'

미호와 브라우니가 그냥 여우와 새끼 멧돼지라면 저건…… 그 이상의 신비로운 것이었다.

비록 내색은 하지 않았지만, 공터에서 이곳에 들어올 때까지 그 모습을 보고 많이 놀랐다.

그리고 짐작했던 사실을 눈으로 보고 깨달았다.

'이 사람은, 역시 달라.'

평범한 사람은 아니었다.

물론 어느 정도는 예상은 했다.

이런 카페를 물려주는 일을 하는 사람이었으니까.

그것도 조건이 걸린 상태로 말이다.

그때도 보통 사람처럼 느껴지진 않았다. 호랑이 쉼터의 특별함을 알고 난 뒤에는 더욱 그랬고.

'할아버지가 괜히 저 사람에게 맡긴 건 아닐 테니까.'

어쩌면 이곳의 무언가에 대해서 알지도 모른다는 생각도 했다.

그리고 지금 와서 보니 그런 생각이 더욱 확신이 들었다.

물론 그게 어느 정도인지는 모른다.

이곳에 대해서 전부 다 아는 건지, 아니면 일부만 아는 건지.

혹은 짐작만 하는 걸 수도.

어쨌든 중요한 건 아예 모르는 건 아닌 것 같다는 거였다.

그리고 그보다 더 중요한 건 역시…….

"눈치를 보니 저에 대해서 이래저래 짐작해 보신 모양이군요."

"예. 솔직히 말하면 지금도 하고 있습니다."

"그렇습니까? 그럼 뭐라고 짐작하시는지 여쭤 봐도 되겠습니까?"

"안 될 거야 없죠. 변호사님 아닙니까."

"……그게 다입니까?"

"예. 제가 뭐 더 알아야 될 게 있나요?"

김도혁 씨의 황당한 표정을 보며 물었다.

김도혁이 할아버지 대에서 특별한 사람인 건 알겠다.

그런데 그게 뭐, 나랑 상관이 있나?

내겐 그저 변호사였다. 할아버지 유산을 정리해 주는 그런 변호사.

아, 지금은 한 가지 더 추가되긴 했다.
"손님이시기도 하고요."
"……하하!"
아까는 다른 손님의 눈치를 봤지만, 이번엔 눈치도 보지 않고 웃는 김도혁 씨의 모습에 슬쩍 인상을 썼다.
다른 손님을 방해해서는 아니었다.
그보다, 김도혁 씨에게서 느껴지는 감각 때문이었다.
갑자기 김도혁 씨가 크게 느껴졌다.
마치 내가 터의 관리를 얻고 감각을 확장하며 커졌다고 느낀 것처럼.
'아.'
그렇다면 나도 그냥 있을 순 없지.
감각을 확장하며 대응했다.
"……흐음?"
김도혁 씨가 이상하다는 듯 고개를 갸웃했다.
그러자 방금까지 커졌던 그 감각이 다시 원상태로 돌아왔다.
이에 나도 아무렇지 않게 감각 확장을 원래대로 돌리며 태연한 척하며 물었다.
"……그래서 보자고 한 용건은 뭡니까?"
"우선 메뉴부터 주문할까 하네요. 멀리 와서 그런지, 목이 마르군요."
그리고 답을 듣기 전에 주문부터 받기로 했다.

＊　＊　＊

　김도혁의 주문에 잠시 멈칫했다.
　아포카토.
　이건 메뉴에 없는 거였다. 그럼에도 주문을 한 건 왜일까.
　일종의 테스트? 아니면 할아버지는 그냥 해 줬던가?
　어려운 주문은 아닌 터라 일단은 받았다. 그리고 주방에 들어왔다.
　'먼저…….'
　아이스크림부터 만들기로 했다.
　아이스크림은 없지만 젤라토를 만들었던 방법을 응용하면 금방 만들 수 있다.
　우유에 바닐라 익스트랙트만 조금 넣어서 소금 뿌린 얼음 위에서 빠르게 치대니, 금세 바닐라 아이스크림이 완성되었다.
　그렇게 만든 아이스크림은 동그란 모양을 만들고 그대로 냉동실에 잠시 두고. 이제 에스프레소를 내리면 되는데…….
　이건 살짝 고민이 됐다.
　핸드드립으로 내릴 거냐, 아니면 머신으로 내릴 거냐.
　양쪽 모두 각각의 장점이 있기에 든 생각.
　하지만 결론을 내리기까지는 그리 길지 않았다.
　'머신으로 내리자.'

역시 아포카토는 진한 에스프레소가 들어가야 맛있다.

마침 아까 다른 손님을 위해 만들어 둔 블렌딩 원두가 있기도 하니, 이쪽이 더 어울리기도 하고.

쌉싸래하면서 다크 초콜릿 향과 맛이 바닐라 아이스크림과 딱이었다.

오랜만에 그라인더로 가루를 분쇄하고 머신으로 에스프레소를 60mL 추출했다.

그리고 아이스크림을 꺼내 적당한 컵에 담고 에스프레소와 함께 가지고 나왔다.

"부어 드릴까요?"

"예."

에스프레소를 자신이 원하는 대로 부어서 먹고 싶은 사람도 있어서 물어본 거였다. 하지만 김도혁은 아닌 모양.

바로 요청대로 아이스크림이 든 컵에 에스프레소를 부었다.

물론 그냥 붓진 않고 그림 재능을 사용해서 효과도 넣어 줬다.

다른 사람은 몰라도 이 손님에게는 최상의 상태인 메뉴를 주고 싶었다.

일종의 테스트를 자체적으로 하는 것처럼.

"향이 진하군요."

"좋죠?"

"예. 좋습니다."

"근데 뭔가 드립 커피만 마실 줄 알았는데 의외의 주문이시네요."

"가끔은 이런 것도 좋더군요. 특히 시원하고 단 게 당길 때요."

의미를 담고 물어본 건 아니었다. 그냥 궁금해서 물어본 거였다.

에스프레소를 좋아하는데 달달한 게 당긴다면 아포카토가 괜찮은 메뉴긴 하지.

김도혁 씨의 답도 질문의 의도와 맥락이 같았다.

그냥 시키고 싶어서 시킨 거다.

"커피 한 잔 시켜 놓고 품평이라도 할 줄 알았죠?"

"솔직히 조금은 생각해 봤습니다."

"해 드릴 순 있는데. 어떻게 해 드릴까요?"

"아뇨. 드시는 거 보니 안 들어도 될 것 같은데요?"

"이런. 손이 눈치가 없었네요."

김도혁이 씩 웃으면서 말했다.

아닌 게 아니라, 아포카토의 절반이 이미 사라져 있었다.

물론 애초에 양 자체는 많지 않은 거니 얼마 안 먹어도 저렇게 되는 게 당연했지만.

아이스크림이라고 해 봐야 두 스쿱.

에스프레소도 투 샷 분량이긴 한데 그래도 60mL니까 한입에 호로록하려면 얼마든지 할 수 있었다.

그러니 사실 김도혁의 말처럼 눈치 없게 빠르게 먹은 건 또 아니라는 말이다.

하지만 표정만 봐도 알 수 있었다.

내가 내린 커피와 만든 아이스크림에 만족하고 있는 모습을 말이다.

그리고 아우라도 마찬가지.

오히려 이쪽이 무표정에 가까운 김도혁의 표정보다는 더 직관적이었다.

왜냐면 마치 기분 좋은 랑이의 꼬리처럼 아우라가 꼬리라도 흔들 듯 흔들렸다.

기분 좋음이 절로 느껴지는 모습.

"그래도 궁금하긴 하실 테니 말해 드리죠. 쌉싸래한 초코 향이 우유 향 진한 아이스크림과 딱이네요."

"그런가요? 메뉴에 넣어야겠네요. 안 그래도 커피 메뉴는 더 넣을 생각이었는데."

"제가 추천 드린 셈인가요? 좋네요."

이 말을 끝으로 김도혁은 조용히 아포카토를 먹기만 했다.

아이스크림이 살짝 녹은 에스프레소만 마시기도 하고.

아이스크림만 살짝 떠서 먹기도 하고.

그러다가 둘을 동시에 먹기도 하면서 순수하게 먹는 걸 즐기는 모습이었다.

그래서 나도 그냥 보고만 있었다.

아까 묘한 기 싸움은 언제 했냐는 듯, 조용하고 평범한 카페의 분위기가 이어졌다.

그러다 그 분위기가 깨진 건 이쪽이 아니라 책을 보던

손님 쪽에서였다.
"아, 예! 지금 바로 가겠습니다! 잠시만 기다려 주십쇼."
전화를 받은 손님은 황급히 책을 챙겨서 나갔다.
미처 인사도 할 새가 없이 사라졌다.
물론 당장 인사하고 붙잡는다고 저 손님의 상태를 어떻게 할 수 있는 건 아니긴 한데.
조금 아쉽다.
'근데 왠지 다음에 또 올 것 같네.'
그걸로 아쉬움을 조금 달래야겠다.
어차피 지금은 눈앞의 김도혁 씨도 중요했다.
안 중요한 손님이 어디 있겠냐마는, 이쪽은 다른 의미로 중요하니.
그사이 아포카토를 다 비운 김도혁이 입가를 닦으며 뒤를 돌아봤다.
"저 친구, 아십니까?"
"아뇨. 아까 온 손님인데요. 혹시 아시는 분입니까?"
"저도 처음 봅니다."
아니, 근데 왜 그렇게 묻는 건데?
아는 사람인 줄 알고 살짝 좋을 뻔했네.
생각해 보면 딱히 내가 좋아할 이유는 없었지만.
"나중에, 혹시 명함 하나만 부탁드려도 되겠습니까? 그 친구가 또 오면 말이죠."
"……명함이요?"

"예. 보아하니 법을 공부하는 친구더군요."
"아아. 그게 법 관련 책이었어요?"
 뭘 그렇게 열심히 공부하나 싶었는데, 법 공부라니.
 근데 그건 그거고, 본인 명함은 왜?
 오늘 처음, 그것도 대화 한마디 해 본 적 없는 사람인데?
 법을 공부하는 거지, 아직 변호사는커녕 학생인지 일을 하는 중인지 알 수 없는 손님이었다.
 심지어 아까 급하게 나가는 걸 보니 퀵 배달 일을 하는 것 같던데…… 공부하면서 일도 하는 건가?
 바쁘고 열심히 사는 사람이라 아까보다 조금 더 마음이 쓰이긴 하네.
 근데 김도혁도 그런 마음으로 명함을 주라는 건 아닌 것 같고.
"인연이 뭐 별거겠습니까."
"도인 같은 얘기를 하시네요."
 변호사라는 걸 몰랐으면 진짜 그렇게 생각했을지도.
"글쎄요. 그건 저보다 사장님을 말하는 거 아닐까 싶은데요."
"저야 그냥 카페 사장인데요."
"할아버님이랑 같은 얘기를 하시네요."
 김도혁의 말에 어깨를 으쓱했다.
 어쩌겠어. 그 할아버지에 그 손자인데.
 그래도 일단 명함을 받아 뒀다.

나보다는 그 손님에게 필요한 걸 수도 있으니까.

이번에 아우라도 제대로 힐링시켜 주지 못한 것 같아서 아쉬웠는데 잘 됐지 뭐.

"제대로 배워 보고 싶으면 연락해 달라고 얘기만 해 주세요."

"······혹시 후원자라도 되시려고요?"

"그럴 수도 있겠죠. 가능성이 있으면."

"아, 현무 법인 정도 되면 그렇게도 사람을 뽑나 보군요? 약간 축구처럼 유스부터 키우는 느낌으로."

그런 내 말에 김도혁이 아주 잠깐이지만 피식 웃었다.

저 양반이 저렇게 웃기도 하다니.

아, 그러고 보니 처음 봤을 때도 한 번 웃었던가?

"그렇다고 해 두죠. 그보다······ 이제 슬슬 본론을 얘기할까요?"

살짝 풀어진 듯했던 김도혁의 표정이 어느새 원래대로 돌아왔다.

아까처럼 압박감을 주는 느낌은 없었다.

"그러시죠. 갑자기 오겠다고 하신 이유가 뭡니까? 혹시 유산 관련 문젭니까?"

"그런 일단 아닙니다. 그보다는 좀 개인적인 일이죠. 이것부터 보시겠습니까?"

김도혁이 서류 하나를 꺼냈다.

자세히 보니······ 고소장이었다. 그것도 나를 향한.

"이게 뭡니까?"

"예전에 다니시던 회사에서 사장님께 낸 고소장이죠. 횡령, 배임 뭐 그런 것들이네요."

"하?"

깨끗하게 끝냈다고 생각했는데 아니었나?

회사에서 이런 짓을 할 줄이야.

근데 애초에 하지도 않은 짓으로 고소가 되나?

"설마 덮어씌우기?"

"잘 아시네요. 좌천된 부장이라는 양반 잘 아시죠? 그 인간이 사장님에게 다 뒤집어씌우려 했답니다."

"말이 안 될 텐데요? 애초에 제가 한 짓이 아니라 증거가 있을 리도 없고."

"당연히 안 됩니다만, 뭐 세상에 언제는 말이 되는 일만 있었습니까? 뒤집어씌우고 일단 우기는 거죠."

"……부장이란 인간하고 붙어먹은 높으신 양반이 있었나 보네요?"

으쓱!

김도혁이 말없이 어깨만 으쓱했다.

이곳에 있으면서 잠시 잊고 있었다. 현실은 더 말도 안 되는 일로 가득하다는 것을.

그 인간이 그렇게 날뛰어도 잠잠했던 이유가 이제야 밝혀졌다.

하긴 아무리 개판이었어도, 부장까지 올라간 인간이 동아줄 하나 없겠느냐마는.

김정현에게 전해 듣기를 그런 사고들을 쳐 놓고 고작

좌천으로 끝났다고…….

이제 알겠다.

"그래서, 혹시 이게 유산을 물려받는 데 문제가 되는 겁니까?"

"아닙니다. 이거랑은 상관없죠. 물론 이것 때문에 카페 운영을 못 하면 그건 문제가 되겠지만요. 근데, 별로 동요는 없으시군요."

"귀찮은 일이 생겼다고 놀랄 건 없으니까요."

"하하! 그런가요? 이거 그럼 제가 나설 필요도 없겠습니다."

"변호사님이 해결해 주시게요?"

"원래는 그러려고 했습니다. 그것 때문에 온 거기도 하고."

"원래는?"

"예. 근데 제가 하기도 전에 이미 끝났더군요."

"……네?"

뭐지?

나는 이제 소식을 들었는데 그게 왜 끝나지?

"대산 그룹 아십니까?"

"예. 뭐 조금?"

"하필 그쪽이 대산 그룹 쪽하고도 엮으려고 했던 모양입니다. 뭐, 정확히는 먼지 묻은 상태로 대산 그룹에 업혀서 슬쩍 가려다가 걸린 거긴 하지만요. 근데 하필 대산 그룹이 이런 먼지를 정말 싫어한다는 거죠."

"……하는 짓이 누구 머리에서 나왔는지 알 것 같네요."

부장이 자기 살겠답시고 그런 게 분명했다.

물론 그걸 지시한 양반도 같은 양반일 거고.

대산 그룹의 회장, 박대산 씨라면 분명 그걸 그냥 두고 보진 않았을 터.

단단히 잘못 걸렸다.

애초에 두 회사는 체급 싸움이 안 되니까.

"아무튼. 이건 이미 취하된 건이라 사장님은 사실 무관한 일이 됐습니다. 굳이 여기까지 와서 생색 좀 내려고 했는데 말이죠. 우공이라고 했던가요? 아마…… 이제 못 보실 겁니다. 대산 그룹 말고도 이를 가는 사람이 하나 있어서요."

"……적이 더 있었나요? 안타깝다고도 할 수 없겠네요. 결국 자기 발등 찍은 거니. 근데 변호사님은 왜 저를 도우려고 했죠?"

다니던 회사가 망할 거라는 말은 그렇게 심적인 타격을 주지 못했다.

미안한 말이지만, 사실 나가기 전에 봤던 팀원들의 눈빛을 생각하면 안타깝지도 않았다.

자신은 제 발로 나왔고, 그들은 떠밀려 나오겠지만. 원흉은 결국 부장이니 자신이 아니지 않는가.

되레 잘 됐다는 생각이 들지 않은 게 다행이다.

호랑이 쉼터에 와서 심적으로 안정이 되지 않은 상태였

으면 남의 불행에 미소를 지었을지도.
 지금이야 그냥 별생각이 안 들었다.
 나와 관련 없는 얘기처럼 들리기도 하고.
 그보다는 궁금한 게 생겼다.
 사실 유산을 정리해 주는 변호사일 뿐 나를 도와줄 이유는 없었다.
 할아버지와 조금 관계가 있는 것 같긴 했지만, 그것도 자세히 아는 건 아니라서 이유를 짐작할 순 없었다.
 근데 왜 도와주려고 했을까?
 호랑이 쉼터 때문에?
 그게 제일 유력하긴 했다.
 "카페도, 할아버지도 다 이유가 되긴 합니다만…… 그건 여기 오기 전까지의 이유고. 지금은 방금 먹은 아포카토로 정리할 수 있겠네요."
 "네?"
 "새로운 주인이 만든 커피 맛이 좋다는 뜻입니다. 여기 와 보니 확실히 알겠군요. 왜 배준호가 사장님이 마음에 든다고 했는지."
 도통 무슨 소린지 모를 말만 한다.
 원래 이런 사람인가? 누구보다 논리정연한 말만 할 것 같이 생겼는데.
 "정식으로 인사드리죠. 호랑이 쉼터 전담 변호사, 김도혁입니다. 앞으로 잘 부탁드리겠습니다. 향후 10년간 사장님이 카페를 계속 이어 간다면 저는 사장님의 편에 설

겁니다."

"……예?"

갑자기 일어나서 고개를 90도로 숙이며 인사하는 김도혁의 말에 살짝 당황하던 순간.

김도혁의 아우라가 순간 무언가의 형상을 보였다.

순식간에 지나가서 자세히는 보지 못했지만 분명 신비한 일이었다.

여태까지 손님 중에서 저런 아우라를 가진 사람은 없었으니까.

"저야, 좋죠. 10년 동안 전담 변호사라니. 든든하네요."

물론 거기에 한 눈이 팔려서 기회를 놓치진 않았다.

이유야 아무렴 어떤가.

저런 맑고 특별한 아우라를 가진 사람이 우군이 된다는데.

이유는 천천히 알아 가면 되겠지.

"음료 더 드릴까요?"

"하하! 역시 할아버지와 닮으셨습니다. 음료는, 오늘은 괜찮습니다. 앞으론 종종 들리죠."

"그러세요. 이건 쿠폰입니다."

쿠폰을 받은 김도혁은 아까보다 더 크게 웃었다.

2장

　김도혁은 그렇게 돌아갔다.
　지금까지처럼 앞으로도 호랑이 쉼터를 잘 부탁한다고 말하면서 말이다.
　오는 길에 본 호랑이 쉼터의 모습이 이전에 할아버지가 있을 때만큼이나 좋아 보인다고도 했다.
　근데 뭘 보고 그런 얘기를 하는 건지는 모르겠다.
　"그렇다고 아우라를 보는 건 아닌 것 같은데……."
　꾸루?
　브라우니가 나와 눈이 마주치자 고개를 갸우뚱했다.
　혹시나 해서 김도혁 주변으로 브라우니와 미호가 돌아다니게 해 봤다. 아우라들도 마찬가지.
　하지만 그것까진 모르는 눈치였다.

문득, 김도혁의 아우라가 생각났다.

다른 누구보다 특별했던 아우라를 가지고 있었다.

잠시였지만 무언가의 형상을 가지는 그런 아우라였다. 지금까지는 보지 못했던 유형이었다.

어쩌면 그런 아우라를 가진 사람이었기에 감이 좋았던 걸 수도?

전에 목장에서도 그렇지 않았던가, 호랑이 쉼터의 아우라를 접했던 수아와 한송이 등등은 오염의 악취를 맡았던 것처럼 말이다.

그들보다 더 맑고 진한 특별한 아우라를 가진 김도혁이라면 호랑이 쉼터가 뿜는 생기쯤은 느낄 수 있을지도 있다.

'그런 거면 좀 뿌듯하긴 하네.'

그동안의 시간을 칭찬받은 거니까.

어쨌든 중요한 건 그런 사람이 이곳에 우호적이라는 사실이었다.

이번에도 이렇게 찾아온 건 결국 도와주러 온 거였으니까.

지긋지긋한 예전 회사와의 악연을 끊어 주기 위해서 말이다.

물론 김도혁도, 나도 손을 쓰기도 전에 박살 났으니 여기까지 온 의미는 사라지긴 했다.

'근데 진짜 그것 때문이었으면 전화로도 할 수 있었겠지. 굳이 여기까지 온 진짜 목적은 호랑이 쉼터가 어떻게

운영되고 있는지 확인하려는 거였을 거야.'

그리고 그 결과는 합격점이었고 그는 내 편이 되어 준다고 했다.

바로 그게 중요했다.

그동안의 노력이 그런 우군을 만들어 낸 거니까.

그래서 뿌듯했던 거고.

그나저나.

"김도혁 변호사가 나섰으면 어떻게 됐을지도 궁금하네."

과정이야 어쨌든 이제 진짜 내 편이 되어 준다는 김도혁 변호사는 과연 어떤 사람일까.

현무 법인의 꽤 높은 위치에 있는 파트너 변호사라는 것까진 안다.

그리고 그것만 해도 대단하긴 한데, 그 보통이 아닌 아우라를 봐서 그런지 왠지 그것뿐만이 아닐 것 같다는 느낌이 들었다.

"……됐다. 내가 그것까지 알아서 뭐 할까."

어차피 내가 여기서 고민한다고 알 수 없는 건 일찌감치 생각을 접었다.

예전 회사의 일도 알아서 잘 처리가 됐다니 신경 쓸 것도 없겠고.

'대산 그룹은 관계가 있다 치고, 배준호 씨는 왜 나온 거지?'

이건 조금 의문이긴 한데 역시 당장 알 수 있는 게 없었다.
 나중에 직접 물어보기로 했다.
 그럼 더 간단해진다.
 지금 내가 할 수 있는 일은…….
 스윽.
 김도혁이 주고 간 명함을 봤다.
 새로운 인연이 될 수도 있을 것 같아서 전해 달라고 했던가?
 물론 내가 나한테 전해 달라는 건 당연히 아니었고.
 김도혁이 오기 전에 먼저 왔던 손님에게 주라고 한 거였다.
 그 손님은 왠지 나도 마음이 좀 쓰여서 안 그래도 또 왔으면 했다.
 만약에 또 오면 그때 명함도 주면서 말을 걸 수도 있을 듯하니 오히려 잘됐다.
 "그때는 조금 더 도움이 되고 싶네."
 그러려면 또 준비를 열심히 해야겠지.
 그리고 문득 김도혁 같은 사람이 또 있는 건지 궁금해졌다.
 '흐음…….'
 곰곰이 생각해 보니 왠지 주변에도 있을 것 같았다.
 아직 김도혁만큼은 아니지만 수아만 해도 빛나는 아우라를 가지고 있었다.
 처음 수아의 아우라를 봤을 때 얼마나 놀랐던가.

그 뒤로 많은 손님이 왔지만 수아만큼 밝고 맑은 아우라는 쉽게 찾아볼 수 없었다.

어쩌면 수아가 성장하면 김도혁보다 더 특별한 아우라를 가지게 되는 게 아닐까?

"······잘해 줘야겠는데?"

사실 수아뿐만이 아니다. 단골이 된 천호리 마을의 몇몇도 다들 수아 못지않았다.

이거, 단골들한테 더 잘해 줘야겠다. 언제 성장해서 김도혁처럼 될지 모르니.

물론 그건 지금 하는 것 그대로 이어 나가면 되는 거니 뭐, 어려울 건 없었다.

하지만 꼭 단골들이 아니더라도 여기 왔다가 밝은 아우라를 되찾아 간 손님들도 다 그럴 가능성이 있었다.

심지어 한 번 찾아왔던 배준성에게도 도움을 받았다.

······결국 다 최선을 다해야 한다는 말이었다.

물론 애초에 다른 손님들을 차별할 생각도 없었지만.

"하던 대로 하자."

꾸루~

"그래그래. 아까 고생했는데 고맙다고도 못했네."

브라우니가 어깨에 앉았다.

녀석의 코에 묻은 흙을 털어 주며 고마움을 표했다.

텃밭을 갈아엎어 달라고 해 놓고, 일이 있어서 제대로 말을 못 했던 게 생각난 것이다.

브라우니는 괜찮다며 어깨에 몸을 쭉 뻗어 널린 채로

쉬었다.

그 모습에 피식 웃음이 나왔다.

'그럼 밭도 갈았겠다. 감자 좀 심어 볼까.'

손님이 오기 전까지 우선 할 일이 생겼다.

밭은 다 갈았으니 씨감자를 심으면 되는데, 그러려면 당연히 씨감자가 필요했다.

이건 아까 이장님에게 부탁드리니 흔쾌히 가져가라고 하셨다.

그러니, 우선 이장님네 밭으로 가기로 했다.

"설마 또 엄청 쌓아서 주시는 건 아니겠지?"

다른 건 몰라도 여기 밭 규모가 있는데 그러시진 않겠지.

음…… 그러시겠지?

* * *

다행히 이장님은 딱 필요한 만큼만 준비해 주셨다.

이장님네 밭에도 심어야 되는 양이 있어서 더 못 준단다. 그건 참 다행인 일이었다.

"형님은 왜?"

"씨감자 얻어 가려면 일이라도 좀 도와야지."

강도윤의 말에 자두를 따며 답했다.

지금 같이 일하는 중이었다.

그냥 씨감자를 얻어가는 건 아무래도 염치가 없는 것

같아서 온 김에 일손 좀 도우려는 거였다. 자두도 많이 얻기도 했고.

"전에도 봤지만 진짜 무지 넓은 밭이란 말이지."
"그러게요. 전 이렇게 넓은 밭은 처음 봤어요."
"나도. 근데 선아는?"
"스트리밍 해야 되는 시간이라고 갔어요."
"아."
하긴 걔는 본업이 있는 애니까.
물론 강도윤도 본업은 있었다. 지금도 배우라는 멋진 본업을 위해서 이러고 있는 거였으니까.
"자료 조사라고 해야 하나? 연기 연습? 아무튼 그건 잘 돼?"
"예. 뭐. 지금이면 그냥 당장 가서 찍어도 귀농한 사람처럼 찍히지 않을까요?"
"그렇긴 하네."
독립 영화라고 했던가?
거기에서 귀농한 청년이 겪는 농촌 힐링이 주제라고 했던 것 같다.
그래서 이렇게 남아 농촌 체험을 하고 있는 거고. 그런데도 탐욕스럽게 또 나한테서 배울 것이 있다고 했다.
일에 참 열심이네.
"전에 나보고 묘한 느낌이 든다고 했던가?"
"예. 사실 그게 핵심이죠."
"그게 무슨 느낌이야?"

김도혁의 아우라를 보고 나서 저 얘기를 떠올리니 묘한 느낌이 들었다.

그래서 생각난 김에 물어본 것이다. 왠지 강도윤도 김도혁만큼 감이 좋은 걸 수도 있으니까.

"그, 뭐라고 해야 되지. 아우라가 느껴진다고 해야 되나? 아무튼 설명은 할 수 없는데 그런 느낌이 있어요."

"아우라?"

순간 뜨끔했다.

물론 강도윤이 말하는 아우라는 내가 보는 아우라와 다를 거다. 하지만 어떻게 넓은 의미로 보면 맞는 걸 수도 있었다.

김도혁이 그랬으니까.

그런 아우라를 가진 김도혁에게서는 알 수 없는 포스를 느끼지 않았던가.

마치 거인이 된 듯한.

'나도 그에 맞서듯 아우라를 썼으니 진짜 맞을지도?'

그렇다면 강도윤의 감이 진짜 좋은 거였다.

이거 좀 다르게 봐야겠는데?

설마 강도윤이 나중에 진짜 대단한 대배우 되는 거 아냐?

감이 좋다고 대배우가 될 수 있는 건 아니겠지만…….

"그래? 근데 그걸 배울 수 있어?"

"뭐, 어떻게든 흉내를 내 보는 거죠."

왜소한 체격에 부드러운 인상의 강도윤이 대수롭지 않

다는 듯 말했다.

그런데 그 모습이 뭔가 조금 달라 보였다.

왠지 자신감이 있는 것 같았다.

그래서인지 왜소한 체격보다 사람이 더 크게 느껴졌다.

"아! 안 그래도 궁금한 게 있었는데요."

"응? 궁금한 거?"

"예. 형님, 그 머리는 어디서 하셨어요?"

"……머리?"

뜬금없이 웬 머리?

"왠지 그 머리, 이번 배역 주인공하고도 잘 어울릴 것 같아서요."

"아아. 근데 이거 그냥 기른 건데."

"그냥요?"

"생각해 보니 여기 온 뒤로는 따로 자른 적이 없네. 슬슬 잘라야 될 것 같긴 한데."

머리에 신경을 쓸 정신이 없었다고 해야 하나, 관심이 없었다고 해야 하나.

듣고 나니 머리가 좀 긴 것 같았다.

근데 여기서 또 머리 자르려면 최소 읍내는 나가야 할 텐데…….

'귀찮네. 더 길어지면 그냥 대충 묶지 뭐.'

어차피 누구 보여 줄 사람도 없었다.

"그렇단 말이죠. 그렇다면…… 저도 도전."

"뭐가 도전이야."

강도윤의 말에 어이가 없어서 헛웃음이 나왔다.

머리야 그냥 스타일링 맡기면 되는 거 아닌가? 확실히, 얘도 정상은 아니었다.

"거기 다 땄나!"

우리가 떠드는 목소리를 들었는지 이장님이 저 멀리서 소리치셨다.

귀도 밝으셔라.

일단은 일부터 하기로 했다. 근데 이거 생각보다 재밌네.

호랑이 쉼터의 텃밭은 조금 따면 끝인데, 여긴 따도 따도 끝이 없어서 그런 것 같았다.

덥긴 했지만, 상자 채우는 보람이 있다고 해야 하나?

가끔은 일 도와주러 오는 것도 나쁘지 않겠다는 생각이 들었다.

"……이상한 형님이시네. 지금 웃음이 나오세요? 저기까지 다 따야 하는데?"

"응. 재밌는데?"

강도윤이 고개를 절레절레 저으며 중얼거렸다.

이상한 형이라며.

내가 보기엔 네가 더 이상한 것 같은데.

사실 내가 이렇게 여유로운 건 다 이유가 있었다.

쑥쑥이의 축복도 받고, 또 수박을 먹고 와서 더위 저항 효과도 있었다.

그런데 쟤는 그냥 배역 하나 때문에 이 더위에 생으로 고생하고 있었다.

 '독하다, 독해.'

 그래도 차마 도와줄 수는 없었다. 저게 다 농촌을 몸으로 체득하는 거니까.

 진짜 대배우 되기 전에 사인 좀 받아 둬야 하나…….

 그 전에, 저 멀리 이장님과 눈이 마주쳤다.

 일이나 하자.

* * *

 부르릉~!

 시골길을 달리는 오토바이 한 대가 있었다.

 안치혁이 탄 오토바이였다.

 아침부터 나와서 콜이 잡히는 대로 여기저기 돌아다니다 보니 어느새 점심도 지나고 있었지만, 그럼에도 쉴 새는 없었다.

 '후우—. 다른 건 다 괜찮은데 여름엔 너무 더워서 힘드네.'

 오토바이로 달리며 바람을 맞아도 햇볕이 뜨거워서 더위는 그대로였다.

 그렇다고 안 할 수도 없고 참.

 안치혁은 문득 오토바이를 타며 어릴 적부터 꿈을 떠올렸다.

그의 꿈은 바로 검사, 변호사가 되는 거였다. 그리고 그건 지금도 유효했다.

이유는 다른 게 없었다.

어릴 적 봤던 그들의 모습이 오래도록 기억에 남았으니까.

그게 비록 드라마에 나오는 모습이긴 했지만. 그래도 되고 싶었다.

드라마와 현실은 다르다고 하지만 많은 사람이 어차피 현실은 모른다.

현실은 검사, 변호사들 본인들만 아는 거니까.

결국 다른 사람들은 드라마에서 본모습으로 그들을 보는 것이다.

재벌 드라마의 재벌 모습을 진짜 재벌로 아는 것처럼 말이다.

그러니 만약 자신이 된다면 다른 사람들이 그렇게 본다는 말이기도 했다.

그래서 되고 싶었다. 주먹 대신 법으로 싸우는 그런 모습이.

하지만 현실은 녹록지 않았다.

일단 대학부터 가야 했다.

그리고 거기엔 돈이 필요했다.

지금 사실상 가장의 역할을 맡고 있는 안치혁에겐 현실이 조금 벅찼다. 당장 그가 일을 하지 않으면 가족들은 굶으니까.

그래도…… 포기는 하지 않았다.

그래서 틈틈이 공부하는 거였고.

동생들이 좀 더 크면, 그땐 자신의 꿈을 도전할 수 있지 않을까 희망을 가지며 오늘도 그렇게 달렸다.

'오늘 아침에 거기 카페 좋던데. 잠깐 들러서 시원한 거 마시고 싶다.'

오늘따라 자꾸 카페에 가고 싶다는 생각이 들었다.

하지만 일이 바빠서 오늘은 못 갈 것 같았다.

내일 또 아침에 가 봐야겠다.

근데 아침 이르게도 여나?

* * *

다음 날 아침.

어제 이장님 밭에서 일하고 얻어 온 씨감자를 들고 카페에 도착하고 나서 얼마 지나지 않아서였다.

이른 아침부터 손님이 왔다.

그것도 꽤 반가운 손님이었다.

'다시 올 것 같긴 했는데 이렇게 빨리 올 줄이야.'

어제 황급히 나갔던 바로 그 손님이었다.

아우라는 여전히 칙칙했지만 그래도 표정은 나쁘지 않았다.

저런 경우는 보통 심지가 굳건한 사람이라는 뜻인데.

"어서 오세요~"

"아, 여기 되게 일찍 여네요?"
"예. 제가 출근하는 시간이 영업 시작 시각입니다."
"와! 진짜요?"
일찍 시작하는 걸 저렇게 좋아할 일인가?
보아하니 아침 일찍 이렇게 나왔다가 일하러 가는 게 쉬운 일은 아닐 텐데.
그것도 또 배낭에서 책을 꺼내는 걸 보면, 공부를 하려는 듯했다.
아침 일찍 카페에 나와서 공부하고 바로 일하러 가는 일정이라니.
"아침이 이른데 식사는 하셨어요?"
"네? 아, 아뇨. 원래 아침은 안 먹는 편이라."
"그래요?"
이렇게 일찍부터 하루를 시작하는데 아침을 안 먹으면 되나?
물론 식습관이 이미 그렇게 맞춰져 있다면 그럴 수도 있긴 하겠다만.
굳이 먹었다는데 더 권하지는 않았다. 보아하니 먹는 것보다 지금은 시간이 더 필요한 것 같았다.
집중할 수 있는 시간.
자리를 잡고 책을 꺼낸 손님은 어제와 같이 음료를 한 잔 주문했다.
그리고 어제와는 달리 음료를 기다렸다.
아마 음료를 받고 집중하는 게 더 오래 집중할 수 있어서 그런 것 같았다.

그럼 얼른 만들어 줘야지.

'명함은, 생각보다 주기가 애매하네.'

생각해 보니 다짜고짜 어제 봤던 신사분께서 주고 간 거라고 하고 명함을 내밀면, 음…… 많이 이상하지 않을까?

그래서 명함은 잠시 넣어 뒀다.

김도혁의 부탁이긴 한데, 그의 말대로 인연이면 전해 줄 때가 있겠지.

우선 음료를 만드는 것에 집중했다.

오늘 주문한 음료는 수박 주스라서 오래 걸리지도 않았다.

미리 씨까지 다 빼고 손질해서 내동 시켜 놓은 수박 큐브를 꺼냈다.

거기에 방금 막 딴 수박도 하나 썰었다.

재료를 보면 알겠지만 레시피를 조금 바꾼 것이다.

이래저래 만들다 보니 수박 주스가 시간이 지나면 밍밍해진다는 걸 깨달았다.

얼음이 녹아서였다.

물론 대부분 수박 주스는 바로 마셔서 얼음이 녹을 새가 없긴 했지만. 그렇게 마신 뒤 다시 주문할 때 이런 일이 일어났다.

그때는 다들 조금 침착하게 맛을 음미하며 천천히 마시니까.

그렇다고 맛이 엄청 떨어지는 건 아니지만…… 그래도 최상의 상태를 계속 유지하면 먹을 방법이 있는데 안 쓸 이유가 없었다.

 게다가 얼음 대신 얼린 수박을 쓰면 그 맛이 더욱 진했다.

 그리고 무엇보다, 저 사람은 아마 음료를 한 번에 다 마시지 않을 가능성이 더 높았으니까.

 아마 적당히 마시고 바로 공부하는 데 집중하겠지.

 그러니 더욱 이 레시피가 맞았다.

 이잉~!

 수박과 얼린 수박이 갈리며 음료가 금세 만들어졌다.

 '날이 더우니 수박 주스 효과를 조금 더 강화하자.'

 어제도 그렇고, 오늘도 보니 퀵이라는 글자가 적힌 조끼를 집고 있었다.

 일하는 대부분을 밖에서 보낼 듯하니, 더위 저항 효과를 강화시켜 줬다.

 꾸르~

 "잘했어."

 브라우니의 역발산기개세도 넣고, 봉봉이네 꿀도 조금 넣어서 피로 회복 효과도 줬다.

 "주문하신 음료 나왔습니다."

 "감사합니다."

 꾸벅 인사하며 음료를 받아 간 손님은, 아니나 다를까 음료는 뒤로하고 책부터 펼쳤다.

생각 같아서는 음료 마시고 공부를 하라고 하고 싶은데…….

'알아서 하겠지.'

그것까지 내가 뭐라고 할 순 없었다.

그렇게 자리로 돌아간 손님은 책을 넘기며 또 공부 삼매경에 빠졌다.

그러고 보니 수아도 저렇게 공부하면 좋을 텐데 말이지.

요즘은 또 여름 방학에 연습생으로 들어간다는 것 때문에 다소 산만해졌다.

자료 조사도 하고 준비도 해야 한다나.

'그래, 꼭 학교 공부가 답은 아니니까. 뭐라도 배우려는 게 중요하지.'

그런 건 또 혼자서도 척척하니 과외로 스트레스는 주지 않기로 했다.

앞으로 스트레스받을 일도 많을 텐데 굳이.

그보다…….

사락~ 사락~

마치 도서관이 된 듯한 카페의 분위기에 조용히 밖으로 나왔다.

당연히 텃밭이었다.

아마 저대로 한참 또 집중할 듯하니, 나는 또 내 할 일을 하는 게 나을 듯했다.

마침 해야 될 일도 있었다.

바로 씨감자 심기.

어제 브라우니가 다 갈아 둔 밭에 싹이 튼 씨감자를 하나씩 심었다.

이장님이 이런저런 노하우를 말해 줘서 어렵진 않았다.

농사 재능으로 어떻게 심어야 할지 최선의 깊이와 간격도 알 수 있으니 그야말로 누워서 떡 먹기나 다름없었다.

'어제 이장님 밭에서 일하다 와서 그런가, 금방 끝날 것 같네.'

광활하다는 표현이 맞을 듯한 이장님네 밭과 비교할 때 이 정도는 정말 아무것도 아니라는 생각이 들었다.

게다가 그냥 빨리 심기만 하는 것도 아니었다.

툭툭!

옆에서 브라우니가 흙을 덮는 것도 도와줬다.

고마워서 머리를 쓰다듬어 줬다.

근데 미호, 이 녀석은 어디 갔지?

'어디서 또 놀고 있겠지.'

신경 끄고 다시 감자 심는 데 집중하는데…… 주변에 브라우니 말고 다른 아우라들도 날아다녔다.

이 반응은.

"도와주고 싶어?"

샤라랑~

뭔가 그런 것 같아서 물으니 다들 고개를 끄덕인다.

근데 이제 딱히 도와줄 게 없는 것 같은데?

파고 심고 덮고.

이게 할 일의 전부였다.

그렇다면.

"잘 자라 달라고 응원 좀 해 줘."

아우라들에게 시킬 건 이것밖에 없었다. 그러자 아우라들은 알겠다는 듯 브라우니가 흙을 덮으면 그 주위에 잠시 머물렀다.

그런데……

쑤욱!

예상하지 못한 일이 일어났다.

아우라들이 그렇게 머물고 얼마 지나지 않아서 싹이 올라오는 것이다.

심자마자 싹이 나다니.

"……생각보다 일찍 수확할 수 있겠는데?"

물론 아닐 수도 있었다.

쑥쑥이만 봐도 싹은 일찍 났지만, 수확은 한참 뒤에 했으니까.

하지만 그럼 또 그만큼 좋은 효과를 가졌다는 거니, 그 정도는 기꺼이 기다릴 수 있었다.

물론.

'느낌상 얘들은 그렇게까진 안 걸릴 것 같고.'

감자는 금방 수확할 수 있을 것 같은 느낌이 들었다.

여유 있다고 생각했는데 감자로 쓸 수 있는 레시피도 얼른 찾아놔야겠다.

"좋아. 다들 고마워."

어쨌든 좋은 일이니 아우라들에게도 칭찬을 하며 작업을 마무리했다.

원래는 감자를 심는 밭에는 검정 비닐도 씌워야 한다는데…….

'안 해도 될 것 같은데?'

일종의 감이었다.

여기 텃밭에는 그런 게 필요 없다고.

오히려 비닐을 씌우면 안 좋을 것 같다. 그러니 이대로 마무리하면 될 듯했다.

툭툭!

여기저기 묻은 흙을 털어 냈다.

카페 안에 들어가려면 아무래도 깨끗하게 털고 들어가는 게 좋았다.

"……아, 소용없나."

흙발로 유유히 안으로 들어가는 랑이의 모습에, 내가 하고 있는 일이 조금 쓸모없게 느껴지긴 했지만.

왜앵?

다행히 완전 안으로 들어가기 전에 랑이를 붙잡았다.

"너도 털고 들어가야지."

랑이의 발과 몸에 붙은 흙을 털어 냈다.

카페의 위생이야 계속 신경 쓰고 있었다. 아무래도 랑이도 왔다 갔다하고 나도 텃밭에 왔다 갔다 하니까.

실제로 위생으로 손님들에게 지적받은 적은 없지만, 그

래도 이런 건 중요하지.

왜앵~

랑이도 사실 저렇게 그냥 들어가는 것 같지만, 주방 앞에서 그루밍을 하기도 했다.

신기하게도 따로 말은 안 했지만 자기만의 선이 있는 듯?

"근데 너 살쪘다?"

랑이를 들고 이리저리 흙을 털다 보니 어째 좀 묵직했다.

덥다고 맨날 카페 안에서 구르거나 뒷마당 그늘에서 뒹굴기만 하니 살이 찐 게 분명했다.

왜앵~

"고양이도 다이어트를 해야 하나?"

수아, 수호와 상의를 해 봐야겠다.

간식을 그렇게 많이 주진 않는 것 같은데 말이지.

마지막으로 엉덩이를 툭툭 치며 랑이를 안으로 들여보냈다.

하얀 털로 감싸진 뱃살을 짤랑짤랑 흔들면서 튀어가는 걸 보니 진짜 살이 찐 게 맞았다.

그래도 그 여유로운 모습에 피식 웃음이 나왔다.

"쟤는 살이 쪄도 귀엽네."

그렇게 랑이를 들여보내고 나도 주방으로 들어왔다.

슬쩍 보니 손님은 아직도 공부를 하고 있었다.

딱히 더 해 줄 게 없어 보인다.

'출출한데 샌드위치나 만들어 먹을까.'

방해가 안 되는 백색 소음 정도만 일으키면서 재료들을 꺼냈다.

신경을 쓰면서, 또 그렇게 열심히는 안 써도 되는 손님이라니.

나름 편한 것 같기도?

도시에서야 저렇게 자리를 차지하면 문제가 될 수 있지만, 여긴 적적하지 않아 오히려 좋은 것 같았다.

딸랑~ 딸랑~

"어? 벌써 손님이 있었네요?"

"예. 일찍 오셨어요. 오늘은 밤샘 안 하셨나 봐요? 산책도 안 나오고 푹 주무신 것 같은데."

"네!"

이제 샌드위치를 만들려고 하는데, 한송이가 왔다.

안으로 들어온 그녀는 손님을 발견하고는 조용히 카운터로 왔다.

잘 샀는지 피부가 아주 광이 났다.

"근데 카페가 오늘따라 조용하네요? 저 손님 때문에 그런 거예요?"

"속삭이진 않으셔도 됩니다. 집중력이 좋으신 건지 대화 정도로는 방해가 안 되는 것 같아요."

"와~ 부럽다. 저도 집중력 좀 좋아지면 좋겠는데."

"막상 할 땐 좋으시잖아요. 아무튼, 작가님도 작업하시게요?"

"네~"

한송이도 가방을 하나 들고 왔다.

이전에도 가끔 밤에는 푹 자고 아침에 와서 일하기도 해서 익숙한 일이었다.

한송이의 말처럼 오래 집중은 못 하고 반은 나랑 수다를 떨었지만.

아무튼, 먼저 온 손님과 방해되지 않게 자리를 잡은 한송이가 커피를 주문했다.

"샌드위치 좀 드릴까요?"

"샌드위치요? 완전 좋죠."

"그럼 드립 커피랑 같이 드릴게요."

내 것 만들면서 하나 더 만들기만 하면 되니까 어려운 일은 아니었다.

한송이도 자리를 잡는 걸 보고 다시 주방에 들어왔다.

손님이 둘인데 카페 홀은 여전히 조용했다.

'도서관이네, 도서관이야.'

뭐, 아무튼. 커피는 금방 내리니 샌드위치부터 만들기로 했다.

이것도 간단했다.

들어가는 재료가 많지는 않으니까.

토마토와 상추, 그리고 꿀과 바질 소스.

여기에 치즈까지 넣으면 끝이었다.

'치즈는 이게 좋겠어.'

목장에서 바로 우유를 주면서 직접 만든 치즈들도 가끔

주는데 이번엔 생 모차렐라 치즈를 주셨다.

먹어 봤는데 토마토와는 아주 찰떡궁합이었다.

우유 맛이 나면서도 재미있는 식감과 적당히 고소한 매력이 있었다.

샌드위치에 넣어도 맛있으리라.

올리브 오일까지 뿌리고 후추도 조금 넣으면 내용물을 끝.

"빵은…… 이걸로 할까?"

원래는 식빵으로 하려고 했는데, 생각해 보니 바게트로 해도 될 것 같다.

평소보다 조금 넓은, 샌드위치로 하기 적당한 두께로 자른 바게트 사이에 재료들을 넣고 눌렀다.

이러면 끝.

버터에 겉을 조금 구워도 좋지만, 아직 온기도 남아 있고 아침이니까 그냥 이 정도만 하기로 했다.

평화로운 카페의 분위기 속에서 조용히 한송이에게 커피와 샌드위치를 전달했다.

'이거 저 손님한테도 주면 좋을 것 같은데.'

순간 저 손님에게도 건네줄까 하다가 그만두었다.

다른 건 아니었다. 그저 지금이 아니라, 나중에 갈 때 주는 게 차라리 나을 것 같으니까.

내 몫의 커피와 샌드위치를 가지고 카운터로 왔다.

평소라면 그냥 한송이와 먹겠지만 오늘은 따로 먹기로 했다.

'맛있네.'

바게트로 만든 샌드위치 한 입 베어 무니 상큼하고 신선한 재료들이 내는 풍미가 입에 가득 채워졌다.

조용한 카페 안에 샌드위치 씹는 소리와 책을 넘기는 소리, 그리고 펜촉이 지나가는 소리만 울렸다.

평화로운 시간이 이어지던 찰나.

이번에도 갑자기 일어선 손님.

또 급히 일이라도 나가려는 걸까?

"뭐? 그게 무슨 말이야? 사기라니? 엄마가? 얼마나? 잠깐만 기다려 형이 금방 갈게."

어째 오늘은 다른 일인 듯했다.

그것도 조금 좋지 않은 듯.

급히 짐을 싸는 손님의 모습에 얼른 샌드위치를 포장했다.

그리고 포장지에 김도혁이 준 명함을 끼웠다.

왠지…… 이게 필요할 것 같아서였다.

"손님! 이거 가지고 가세요."

"예? 저 주문 한 적이 없는데……."

"아침으로 먹을 걸 했는데 바게트가 커서 조금 남았네요. 괜찮으시면 가져가서 드세요."

그리고 얼른 홀로 나와서 짐을 다 싼 손님에게 건넸다.

실랑이할 시간도 없는지, 손님은 감사하다며 고개를 꾸벅이며 샌드위치를 받아 급히 떠났다.

이래저래 바쁜 손님이었다.

* * *

그 손님이 그렇게 나간 뒤, 며칠이 지났다.
그 뒤로 손님은 오지 않았다.
'이런 적은 또 처음인데.'
뭔가 많이 아쉬웠다.
그때 내가 더 적극적으로 뭔가를 해 줬어야 했을까?
상황을 보니 문제가 생긴 것 같았다.
하지만 한편으로는 내가 해 줄 수 있는 게 과연 있을까 싶었다.
심리적인 문제나 고민거리 같은 것들은 효과 함께 대화를 통해서 어느 정도 풀어 줄 수야 있겠다만.
그 손님은 왠지 결이 달랐다. 심리적인 건 문제가 없었으니까.
어떤 문제인지 정확하게는 알 수 없었지만, 정신은 분명 괜찮았다.
그래서 그냥 지켜본 거였다.
무슨 문제인지 정확히 모르니까.
모든 손님을 다 케어해 줄 수 있다는 오만한 생각은 예전부터 하지 않았다.
당장 할 수 있는 걸 하자.
이건 호랑이 쉼터의 주인으로 지내면서 배운 거기도 했다.

회사 다닐 때 하도 할 수 없는 걸 하라고 해서 또 그걸 꾸역꾸역하다가 얼마나 피폐해졌는가.

이곳에 와서 그게 다 쓸모없는 짓이었다는 걸 깨닫고 배운 거였다.

물론 그래도 아쉬운 건 아쉬운 거였다.

열심히 사는 친구 같았는데. 게다가 김도혁 변호사가 새로운 인연이라고 해서 또 궁금한 점도 있었는데 말이지.

'명함으로 연락을 해 봤으려나.'

왠지 안 했을 것 같다.

했으면 김도혁이 알려줬을 것 같으니까.

"인연이라……."

그 말만 안 들었어도 이렇게 신경이 쓰진 않았을까? 모르겠네. 내가 언제 또 그렇게 정이 많았다고.

아쉬움은 많이 남지만 깊이 생각하지 않으려고 했다.

'여름이 한 김 식으니까 손님들도 좀 줄었네.'

여름 쉼터를 찾아오는 사람들은 여전히 있었지만, 그 수는 확실히 점점 줄어들고 있었다.

그래서 카페를 찾는 손님도 한참일 때와 다르게 많이 줄긴 했는데 그래도 여전히 피크 시간대에는 꽤 왔다.

딸랑~딸랑~

"어서 오세요~"

그러니 지금은 이곳을 찾는 손님들에 집중하기로 하는데.

'응?'

방금 들어온 손님의 모습에 깜짝 놀라 소리칠 뻔했다.

그 손님이었다.

그런데 이번엔 상태가 전보다 훨씬 안 좋아 보였다. 칙칙한 걸 넘어서 음울한 기운이 가득했다.

며칠 만에 무슨 일이 일어난 걸까?

손님은 시선도 마주치지 못했다.

이건, 좀 심각한데?

'아는 척을 하면 안 되겠지?'

일단은 그냥 일상적인 인사만 하고 자리를 찾아 앉을 때까지 기다렸다.

"저……."

그런데 의외로 카운터에 앉아서 먼저 말을 걸었다.

"예, 손님. 주문하시겠어요?"

"아니. 그게 사실 이것 때문에 왔는데요."

당연히 주문하려는 줄 알았는데 손님이 건넨 건 명함이었다.

내가 샌드위치에 급하게 껴 준 김도혁의 명함.

"이건?"

"그때 주신 샌드위치는 맛있게 잘 먹었습니다. 감사합니다."

"예. 맛은 괜찮았는지 모르겠네요."

"정말 맛있었어요. 너무 맛있어서…… 아! 이러려고 온 게 아닌데, 그, 혹시……."

뭐지? 맛있다고 말하면서 목소리에 살짝 물기가 맺혀 있던 것 같은데.

맛은 분명 있긴 할 텐데 조금 의아한 반응이었다.

물론 금방 말을 바꾸려고 하긴 했지만.

다시 뭔가 주저하는 모습에 일단 더 묻지 않고 가만히 기다려 줬다.

이렇게 온 걸 보면 말하고 싶은 게 있다는 뜻. 그러니 기다리면 될 일이었다.

아니나 다를까, 손님은 곧 입을 뗐다.

"그 명함을 왜 제게 주신 건지 궁금해서……."

"아, 그거요? 그때 보셨는지 모르겠는데 손님에게 명함 주인이 전해 달라고 했거든요. 연락 달라고. 제가 그걸 전달하는 걸 깜빡했네요."

손님이 물어봐 준 덕분에 자연스럽게 얘기를 했다.

이제 나중에 김도혁에게 제대로 전달했다고 말할 수 있겠다.

그런데 내 말을 듣자 손님의 얼굴이 벌겋게 달아오른다.

"아! 그, 그럼 그 명함은 다른 사람 건가요?"

"예. 혹시 무슨 문제라도 있나요?"

그리고 다른 사람의 명함이라고 하니 굉장히 당황한 눈치였다.

아! 혹시 그 명함을 내 거라고 착각한 건가?

따로 말없이 명함만 넣어서 줬으니 그렇게 착각할 수도

있겠다.

카페 사장인데 변호사 명함을 준 게 조금 이상하긴 해도 어쨌든 명함을 준 건 나니까.

그리고 그 명함으로 한 번도 연락해 보지 않았으면 충분히 그걸 수 있었다.

명함에는 이름만 있지 사진은 없으니까.

그럼 지금 여기 온 이유는 그 명함 주인에게 오려던 거였네?

왜 당황했는지 알겠다.

"명함 주인분을 찾아오신 건가요?"

"아, 그게…… 사실은 네……."

"그러세요? 명함 주인하고는 친분이 있는데 혹시 따로 전하실 말씀 있으신가요?"

"아, 아뇨. 아닙니다. 제가 그냥 착각해서."

손님의 표정이 어두워졌다. 덩달아 아우라도 더 심각해졌지만, 행동은 또 그렇지 않은 척을 했다.

아직 어린 친구 같은데 뭐가 저리 사연이 많아 보이는 건지.

본인이 아니라는데 내가 보따리 들고 도와주겠다고 할 이유는 없다만…….

'나도 저런 때가 있었으니.'

누구에게 손을 벌리는 게 익숙하지 않던 때다.

혼자 살아남아야 했고, 또 그렇게 살아만 봐서 몰랐다.

손을 내밀면 잡아 줄 수 있는 이가 있다는 사실을.

바로 할아버지도 있었는데 그랬다.

"필요하시면 도와드릴게요. 혹시 변호사가 필요한 일인가요?"

"아, 그…… 네……."

"이분은 저희 카페 담당해 주고 계신 변호사세요. 개인적으로 연락도 할 수 있으니 편하게 얘기해 주세요. 꽤 유능한 분이라 도움이 되실 거예요."

사실 꽤 유능한 정도가 아니라, 아주 유능할 것 같지만 일단 부담스럽지 않게 설명했다.

어차피 현무 법인이라는 걸 알면 대충 짐작은 할 것 같았다.

"그, 그럼 돈이 많이 들겠죠?"

"돈…… 이라면 음, 그건 물어봐야 될 것 같습니다만, 지인 찬스로 조금 싸게 해 달라고 해 볼게요."

돈 문제인가? 그런 거라면 사실 김도혁이 싸게 해 줄 수 있을 진 모르겠다만.

정 안 되면 내 돈 좀 쓰지 뭐.

기왕 돕기로 한 거니까.

이래 봬도 할아버지 유산을 받지 않았어도 회사 다니면서 꽤 모아 놨다.

"사실은 어머니가 사기를 당하셨어요."

"사기요?"

"네. 전세 사기를 당하셔 가지고……."

"아."

"부동산이랑 사기꾼이랑 해서 돈은 먹고 날랐고, 집주인이라는 사람은 모른다고 하고…… 대출까지 받은 건데……."

저렇게 말하는 거면 꽤 큰 돈을 사기를 당한 것 같았다.

'이런. 그래서 상태가…….'

그런 사기를 당했다면 충분히 저런 상태가 될 수 있었다.

근데 문제가 내가 생각한 것보다 좀 크다.

이건 내가 듣고 해결하고 할 수 있는 문제가 아닌 것 같았다.

확실히 김도혁 같은 전문가의 도움이 필요할 듯했다.

"사기꾼은 못 잡았죠?"

"……네. 제가 찾아봤는데 어디로 갔는지 모르겠더라고요. 사실 사기고 뭐고 다른 건 다 괜찮아요. 그냥 돈만 좀 돌려줬으면 좋겠는데."

아직 어린 청년의 손님은 이제 거의 눈물을 흘릴 듯 눈이 벌겋게 충혈되었다.

누군가에게 이렇게 속내를 털어놓으니 감정을 주체할 수 없게 된 모양이다.

"이건 제가 바로 연락해 볼게요. 혹시나 도움이 될 일이 있나 한 번 알아봅시다."

"네, 네. 정말 감사합니다."

아직 확실히 뭔가를 한다는 말이 나오지 않았는데도 손

님은 연신 감사하다고 했다.

 왠지 저 모습을 보니 내 생각보다 더 많은 것을 짊어지고 있었다는 느낌이 든다.

 아까 어머니가 사기를 당하셨다고 했으니 어쩌면 편부모 가정일 수도 있겠네.

 왠지 저 손님이 집의 가장일 수도 있겠다는 생각이 들었다.

 보통 저 나이대라면 자기가 먼저 해결하려 하기보다는 부모님에게 의지하는 경우가 더 많으니까.

 설사 부모님을 돕는다고 해도 저렇게 혼자 짐을 다 짊어진 것처럼 보이진 않을 테고.

 '그러니까 반쯤 집의 가장에다가 공부 쪽으로 꿈이 있는 청년이라는 거네. 근데 사기를 당했고.'

 정리를 해 보니 이거, 꼭 도와주고 싶어졌다.

 안 좋은 상태의 손님이라서가 아니라 그냥 한 사람의 어른으로서 말이다.

 손님의 얼굴을 보니 기껏해야 수호보다 몇 살 더 많아 보인다. 대학교에 들어갈 나이에 사회에 먼저 뛰어든 것 같은데…….

 김도혁이 안 된다고 하면 다른 사람을 구해서라도 돕고 싶었다.

 바로 김도혁에게 연락했다. 그리고 연결이 된 김도혁에게 사정을 얘기하자…….

 ―그런 일이 있었군요. 자료 정리해서 보내 주시죠.

아, 의뢰비는 나중에 받고 계약금으로 10만 원만 받겠다고 전해 주시겠습니까?

"선수금 10만 원이요? 전체 의뢰비는 얼만데요?"

―아실진 모르겠지만 제 몸값이 좀 많이 비쌉니다. 계약금으로 10만 원이면 아주 싼 편이죠.

이 사람이 지금 어린 청년이 사기를 당해서 괴로워하고 있는데 왜 자랑질이야?

갑자기 무슨 말인가 싶어 살짝 어이없었는데, 이어지는 김도혁의 말에 그 마음은 바로 사라졌다.

―의뢰비는 나중에, 그 친구가 갚을 수 있을 때가 되면 갚으라고 할 거니까, 사장님은 그냥 그렇게만 아시면 될 것 같네요. 괜히 사장님이 부담하려 하지 않으셔도 됩니다. 그 친구라면 충분히 갚을 수 있을 것 같으니까요.

왠지 모르겠지만 김도혁은 진짜 그렇게 생각하는 듯했다.

아니면 사실 말만 저렇게 하고 선수금만 받겠다는 걸 수도?

'의외로 이런 면이 있었네?'

사실 단칼에 거절하는 그림을 예상하며 연락한 건데.

이렇게 되면 일단 저 손님에겐 조금의 숨통이 트일 것 같다. 나야 그걸로도 좋지.

"변호사님이 일단 계약금 10만 원만 받고 도와주시겠다네요."

"저, 정말요?! 근데 계약금은 그래도, 현무 법인 변호사님이면 분명 엄청 비쌀 텐데…….”

"그러게요. 본인 입으로도 비싸다고 하시긴 하던데, 의뢰금은 나중에 갚을 수 있을 때 갚으시고 일단 도움을 주겠답니다."

"아아!"

김도혁이 도와주겠다고 했다 말하자, 손님은 긴장이 조금 풀린 듯했다.

이것만으로 이러다니 확실히 어리긴 하네. 게다가 아직 일이 해결된 건 아니라서 좋아하긴 일렀다.

일단 이건 시간문제다.

건설 쪽 회사에서 일하다 보면, 파이가 큰 경우가 많아 가끔 사기꾼들이 꼈던지라 잘 안다.

사기꾼도 사기꾼이지만 돈부터 찾아야 되는걸.

사실 김도혁이 도움을 줄 부분은 후속 일 처리와 혹시 모를 법적인 도움이지, 지금은 그보다 사기꾼을 찾는 게 더 중요했다.

그리고 그 사기꾼을 찾는 것보다 더 중요한 건 역시 사기 친 돈을 찾는 거였다.

"그나저나 경찰에 신고하셨어요?"

"네네. 하긴 했는데…… 일이 많이 밀려 있다고."

"그래요?"

이런 시골에 무슨 사건 사고가 그리 많길래.

"가시죠."

"네?"

"일단 다시 경찰서에 가서 사건 제대로 접수됐는지 확인부터 해요. 그리고 찾아봅시다. 그 사기꾼."

아까는 워낙 심각한 상황이라 바로 떠올리지 못했는데, 생각해 보니 그 사기꾼을 잡을 아주 기가 막힌 재능이 하나 있었다.

'표적탐지.'

이거면 돈이든 사기꾼이든 찾을 수 있지 않을까? 물론 제한은 있지만.

"가시죠."

일단 가기로 했다.

* * *

손님, 안치혁의 오토바이를 타고 인근 경찰서에 왔다.

마침 거기엔 아는 얼굴도 있어서 일 처리는 빠르게 됐다.

"이 사람들인 거죠?"

"네! 맞아요!"

"일단 수배는 됐고 찾아보긴 할 텐데, 저희가 인력이 많지는 않아서……."

진짜 죄송하다는 표정의 이 순경의 말에 안치혁은 조금 실망한 표정을 지었지만, 나는 아니었다.

표적탐지에 많은 인력이 필요한 건 아니니까. 같이 갈 경찰만 있으면 됐다.

'제발 돼라.'

사기꾼들의 신상 정보가 적힌 서류를 보며 표적탐지를 사용했다.

그러나 아무런 일도 일어나지 않았다.

음, 이렇게는 안 되는 건가?

범위의 문제인지, 목표의 문제인지 모르겠다.

'잠깐, 혹시 그럼 이렇게는 안 되나?'

문득 전에 수아와 내게 사기를 치려던 사람이 떠올랐다.

그때 분명 기분 나쁜 뱀 같은 아우라를 가지고 있었다. 그리고 그걸 미호가 잡아 왔고.

'미호야.'

여기까지 따라온 미호를 보며 부탁했다. 그때처럼 그 뱀 같은 아우라를 찾을 수 있겠냐고.

끼잉~!

그러자 미호가 고개를 갸우뚱했다.

뭐지?

된다는 건지 안 된다는 건지.

끼잉~

미호가 뭔가 할 말이 있는 듯했다.

'왜? 뭐가 필요해?'

낑~

'……아!'

할 수는 있지만 재능이 더 필요하다는 거였다.

혹시나 해서 경찰서에 챙겨 온 과일 중 미호가 좋아하는 포도를 몇 알 땄다. 그리고 거기에 재능을 부여했다.
'감각, 표적탐지, 그리고…… 터의 관리.'
그렇게 재능을 부여한 포도를 미호에게 슬쩍 주자……!
샤아아아!
포도를 먹은 미호에게서 빛이 쏟아지더니 이내 꼬리가 하나 더 생겼다.
끼웅~!
세 개의 꼬리를 가진 미호가 마치 자기를 따라오라는 듯 자신만만하게 꼬리를 살랑거렸다.
됐다!
"저기, 이 사람들 제가 왠지 본 것 같은데요?"

* * *

내 말에 깜짝 놀란 두 사람과 또 한 명의 경찰이 대동한 경찰차가 질주했다.
사실 일의 우선순위로 따지면 지금 경찰서에는 다른 일이 먼저였지만.
"이건 내가 할 테니까 이 순경이랑 같이 가 봐."
전에 봤던 이 순경의 선배 경찰이 도와준 덕에 오 경사라는 경찰이 같이 갈 수 있었다.
덜덜덜!
나와 같이 앉은 안치혁에게서 떨림이 느껴졌다.

지금 온갖 감정이 다 밀려오고 있는 듯했다.
하지만 아직은 긴장을 놓을 수 없는 상태였기에 섣불리 위로하진 않았다.
끼융~
미호가 거의 다 왔다는 듯 세 개의 꼬리를 살랑거리며 불렀다.
"이쯤인 듯합니다."
"흐음. 여기요? 이 순경, 이쯤에 세워 봐."
내가 말하자 보조석에 앉아 있던 오 경사란 남자가 주변을 한 번 둘러보더니 차를 세우라고 했다.
그렇게 내려서 보니 읍내의 작은 건물 앞이었다.
사기꾼들은 어디 산속에 들어간 게 아니라, 되레 대놓고 읍내에 숨어 있었다.
"흐음."
오 경사는 잠시 건물을 둘러보더니 방금 차에서 내린 이 순경을 불렀다.
"이제 올라갈 건데, 저분들은 여기 계시라고 해."
"저희 둘이서 괜찮을까요? 지원이라도……."
이 순경도 이런 사건은 처음인 듯 살짝 긴장한 듯했다.
그러자 오 경사가 그런 이 순경의 어깨를 툭 치며 긴장을 풀어 주려고 했다.
'저 사람, 전에 수아가 치와와 같다고 한 사람인 것 같은데.'
의외로 다정하다.

물론 표현은 좀 거친 것 같지만.

"딱 보니 각 나오는데 뭘. 됐어, 혼자 가도 되니까 뒤에서 잘 보고 있으라고. 아, 그거 꺼내 놓고."

오 경사의 말에 이 순경이 급히 삼단봉을 꺼냈다.

그리고 두 사람은 천천히 계단을 올라갔다.

"저, 저희도 올라갈까요?"

"아뇨. 우린 여기 있죠."

나와 같이 남은 안치혁의 말에 고개를 저었다.

현장은 무슨 일이 있을지 모르는 곳이었다. 훈련이 안 된 우리는 괜히 방해나 될 수 있었다.

그러니 여기를 지키고 있기로 했다.

대신, 미호를 보내 전처럼 아우라의 뱀을 잡아 오라고 했다.

끼융~

'응?'

그런데 거의 보내자마자 나온 미호.

녀석의 입에는 어느새 전 같은 게 두 마리나 물려 있었다.

그런데······.

'이번엔 지렁이네?'

미호가 물고 온 건 좋지 않은 기운을 품은 지렁이 두 마리였다.

정확히는 아직 새끼 뱀이라고 해야 하나?

사이즈가 전과 다르긴 했지만 어쨌든 안 좋은 기운을

풍기니까…….

'여기에 넣어 줄래?'

미리 가지고 온 커피 찌꺼기를 담은 컵 뚜껑을 열었다.

미호가 그 안에 지렁이 같은 아우라를 던지고 바로 뚜껑을 닫았다.

쑥쑥이의 원두에서 나온 커피 찌꺼기라서 정화의 효과가 있었다.

그러니 이대로 두면 알아서 정화가 되겠지.

"그, 그거 저도 한 모금만 주실 수 있을까요?"

"예? 아, 이거 음료가 아니라서요."

긴장해서 목이 타는지 옆에 있던 안치혁이 내가 들고 있는 컵을 보며 말했다.

음료가 아니라는 말에 아쉬워하는 모습을 보니 한 잔 들고 올 걸 그랬다는 생각이 든다.

하지만 그 생각은 곧 사라졌다.

쿠당탕탕!

건물 안쪽에서 잠시 소란스런 소리가 나다가 이내 다시 잠잠해졌다.

그리고 잠시 후, 오 경사가 손을 툭툭 털며 내려왔다.

그 뒤에는 당연히 범인들로 추정되는 두 사람과 이 순경도 내려왔다.

'……치와와가 아니라 도베르만 아냐?'

당당하게 내려오는 오 경사의 모습에 수아가 말했던 묘사를 정정하기로 했다.

"너! 너!"

범인들을 보자 흥분한 안치혁이 튀어 나가려 했다.

이해는 하지만, 당연히 이미 잡은 범인에게 괜히 손대서 일이 커지는 건 막아야 하니 안치혁을 붙들었다.

그리고 오 경사와 이 순경에게 가볍게 목례했다.

경찰차에 다 같이 가기엔 좌석이 부족하니 우린 따로 가겠다는 뜻이었다.

안치혁의 흥분도 좀 낮출 겸.

내 생각을 안다는 듯 오 경사도 가볍게 목례 후 사기꾼들을 싣고 떠났다.

그리고 우리도 그를 쫓아서 가기로 했다.

물론 가기 전에 먼저 김도혁에게 연락하는 것도 잊지 않았다.

이제 진짜 이쪽이 필요할 테니까.

그렇게 연락을 한 뒤 바로 출발하려는데…….

"흐윽! 흑!"

이제야 좀 긴장이 풀린 듯 펑펑 우는 안치혁의 모습.

'천천히 가지 뭐. 이미 다 잡은 사기꾼이 도망가는 건 아니니까.'

아무래도 조금 더 있다가 가기로 했다.

* * *

한바탕 소동이 어느 정도 마무리가 됐다.

그리고 그렇게 마무리되며 제일 다행인 건 사기꾼들이 아직 돈을 숨기지 못했다는 사실이었다.

그 사실에 안치혁은 문장 그대로 경찰서 바닥에서 오열해 버리는 바람에 내가 다 난감했지만, 다들 그런 안치혁을 다독여 줄 뿐 아무도 뭐라 하지 않았다.

심지어 까칠해 보이던 오 경사는 슬쩍 눈물을 찍어 내는 것 같기도 했다.

'형사과 출신이라더니 감성적인 면도 있네.'

이건 이 순경에게 슬쩍 들은 거였다.

어떻게 범인을 그렇게 쉽게 잡았는지 궁금해서 물었더니 나온 정보였다.

원래 형사과에서 일하다가 모종의 이유로 여기로 내려왔다고.

조금 신기하긴 했는데 그렇다고 막 그렇게 또 궁금했던 건 아니라 자세한 사연은 넘어갔다.

그보다…… 그다음 일의 후속 처리는 김도혁이 오면서 정말 빠르게 진행이 됐다.

과연, 로펌 중에 제일이라는 현무의 일 처리는 달랐다.

사기꾼들의 전과를 탈탈 털더니 이내 공범들은 물론 그 전에 친 사기들까지 싹 다 잡아 올렸다.

알고 보니 이 사기꾼들은 도시에서도 이렇게 해 먹고 여기까지 온 거였다.

"많이도 해 먹었네요."

―이거 마지막으로 한탕하고 외국으로 나가려고 했던

것 같습니다. 심지어 이것도 원래 계획에 있던 게 아니라서 이렇게 안 걸렸으면 큰일 날 뻔했더군요.

"진짜 큰일 날 뻔했네요."

―더 큰 일은 돈까지 못 찾을 뻔했다는 거죠. 이놈들, 해외에 돈 숨겨 놓고 국내에 와서 자수할 계획이었습니다.

"……자수요?"

―몇 년 감방 살다 나오면 된다고 생각했던 모양입니다. 돈이야 잘 숨겨 놓으면 어디 가지 않으니, 나와서 다시 찾으면 될 거로 생각했답니다. 사실 틀린 말이 아닌 게, 해외로 흘러간 돈은 정말 찾기 힘들어서 정말 방법이 없거든요.

"그런!"

―안심하세요. 다행히 해외에 나가기 전이라 저희 팀이 싹 다 찾아냈습니다. 조금 쓰긴 했는데 그래도 거의 원금은 다 찾았습니다.

"아! 다행이네요, 진짜."

김도혁의 말에 나도 모르게 안도의 한숨을 내쉬었다.

사기꾼이 이전에 벌인 상상 이상의 피해 규모를 들었기 때문이다.

사기꾼들은 원래 대도시에서 200채에 가까운 아파트로 사기를 친 조직이란다.

이번 일로 그 피해 금액이 통째로 사라질 뻔한 것을 막은 셈.

안치혁의 가족 돈이야 현장에서 바로 찾아서 일이 이렇게까지 커질지는 몰랐다.

아무튼 그 전에 다 찾아서 정말 다행이었다.

못된 습관 못 버리고 사기를 쳐서 다행이라는 말이 좀 웃기긴 한데 결과적으로는 그랬다.

안치혁에게 사기를 친 사기꾼이 잡히지 않았다면, 그들을 통해서 조직도 못 잡았을 테니까.

그럼 진짜 정말 큰 일이 났을 거다.

그리고 그 일을 처리하는 게 김도혁이라서 또 다행이었다.

내 일도 아닌데 이렇게 안도가 될 정도니…….

"피해자들 싹 모아서 피해 규모 파악 중이시라고요?"

―예. 그건 검찰 쪽하고 얘기해서 금방 파악될 것 같군요. 아, 안치혁 군 피해 금액은 우선 해결될 겁니다. 별개 사건으로 처리했거든요.

"감사합니다. 치혁이에게 전해 줄게요."

―생색 좀 내주세요. 저희 현무에 대해서 좋게 생각할 수 있게.

"당연하죠. 이미 거기에 뼈라도 묻을 수 있으면 그럴 기셉니다."

―하하! 뼈는 안 묻어도 된다고 전해 주세요. 그냥 조금 갈리는 정도로만 일하면 될 겁니다.

"……그게 더 무서운데요."

김도혁과의 농담 아닌 농담을 끝냈다.

그리고 주변을 돌아봤다. 카페의 평화로운 풍경이 눈에 들어왔다.

"이렇게들 살면 다 좋을 텐데."

무해하게 말이다.

물론 그럴 수 없다는 건 현실에 찌들어 봤기 때문에 알고 있었다. 현실적으로 말이다.

'근데 여기라면…….'

그런 현실에서 잠시 나와 이곳에 쉬었다 가는 사람이 많아지면?

그럼 조금 더 이곳 같은 세상이 더 많아지지 않을까? 문득 그런 생각이 들었다.

게다가 이렇게 생각하는 데는 또 다른 이유도 있었다.

'이 순경의 아우라가 좀 더 맑고 진해졌지.'

범인을 잡은 이 순경의 아우라 때문이었다.

내가 뭔가 하지 않았고, 또 카페에 온 것도 아닌데 이 순경의 아우라가 조금 변한 것이다.

마치 김도혁의 아우라처럼 말이다.

물론 김도혁의 아우라에 비하면 한참이나 미약하긴 했지만, 변했다는 게 중요한 거였다.

"조건은 아직 모르겠어."

알 듯 말 듯 하긴 했다.

끼융~?

"아냐. 너도 고생했어."

끼융~

이번 일의 숨은 일등 공신인 미호를 칭찬해 주며 일단 생각은 접었다.

저기 공터 너머로 안치혁이 걸어오는 게 보였다. 그리고 그 옆에는 동생들로 보이는 아이 셋과 몸이 조금 불편해 보이는 중년 여성도 있었다.

딸랑~딸랑~

"어서 오세요~"

먼저 문을 열고 나와 그들을 반겨 줬다.

"죄송해요. 어머니가 꼭 감사하다고 전하고 싶다고 해서…… 그리고 애들이 자기들도 온다고 우겨서……."

안치혁이 달려와 사과를 했지만 손을 휘휘 저었다.

죄송할 게 뭐가 있을까. 그저 고마움을 표현하러 오신 분인데.

"선생님 덕분에 사기꾼 잡았다고 들었습니다. 정말 감사합니다. 정말 너무 감사합니다."

"아니에요. 제가 한 게 뭐 있나요. 그냥 운이 좋으셨던 거죠."

안치혁 뒤로 어머니란 분이 다가와 내 손을 붙잡고 연신 감사하다고 전했다.

그리고 그런 어머니를 따라 옆에 서 있던 아이들도 인사했다.

연령대가 다양했다.

교복을 입은 아이부터 수아보다 더 어려 보이는 아이까지.

'사 남매라······.'
확실히 안치혁의 어깨가 무거울 만했다.
그리고 그의 어머니도.
마주 잡은 손에서 거친 굳은살이 그대로 느껴졌다.
"일단 들어오시죠."
왠지 나도 모르게 울컥하는 기분에 얼른 자리를 옮기는 척 피했다.
왜 그런지는 모르겠다.
수아도 늘 말하지만 나는 그리 감성적인 사람이 아닌데······.
사기꾼을 잡았을 때보다, 사기꾼이 빼돌리려던 돈을 찾았다는 말을 들었을 때보다도 더 감정이 동요하다니.
"음료 한 잔 드릴게요. 메뉴 보시고······ 아니다. 제가 알아서 드려도 될까요?"
"아이고. 저희는 그러려고 온 게 아니라······."
"그래도 오신 김에 드시고 가세요. 금방 돼요."
손사래를 치는 안치혁의 어머니를 데리고 안으로 들어왔다.
그리고 자리에 안내해 주고 안치혁에게 눈치를 줬다.
애가 계속 서 있으면 어머니는 물론 동생들도 앉아 있을 수가 있겠는가.
"다들 앉아. 엄마도 앉아요. 어차피 여기까지 왔으니까 마시고 가요. 제가 살게요!"
"네가 돈이 어디 있다고. 그냥······."

"에이~ 여기 다른 곳보다 싸요. 근데 맛은 진짜 좋아요. 다른 곳하고 비교도 안 될 정도로. 얘들아, 얼른 앉아. 얼른."

안치혁이 내 눈짓을 읽었는지 어머니부터 앉히고 동생들도 앉혔다.

나와 있을 땐 한참 어린 동생 같던 녀석이 어머니와 동생들 앞에선 제법 의젓했다.

주방에서 그렇게 안치혁의 가족들이 모두 자리에 앉은 모습을 바라보며 생각했다.

여름이 되면서 찾아온 많은 가족 손님 중 어쩌면 가장 기억에 남는 가족이 될지도 모르겠다.

그래서일까? 그런 가족에게 짧지만 정말 꿀맛 같은 쉼을 전해 주고 싶어졌다.

샤라랑~

내 마음을 눈치챘는지 아우라들이 주방에 몰려들었다.

* * *

음료를 만들기 전에 우선 필요한 효과들을 떠올렸다.

우선 안치혁에게는 성장과 대기만성, 그리고 끈기를 주면 좋을 듯했다.

사기꾼을 잡고 돈을 되찾으면서 다시 희망을 이어 갈 수 있게 됐으니 적당한 효과였다.

'김도혁도 따로 도와줄 것 같고.'

여기에 놀란 마음을 진정 시킬 심신 안정 정도만 더 추가하면 될 듯했다.

그리고 동생들도 안치혁과 비슷한 효과면 될 것 같았다.

그의 어머니가 문제인데…….

일단 놀란 것 같으니 심신 안정과 함께 불편한 다리에 조금이나 도움이 될 운동 효과를 넣기로 했다.

그리고 외유내강과 뚝심도.

이번 일로 느낀 점은 역시 안치혁이 모두 짊어지기엔 아직 어리다는 거다.

당연히 벅찰 수밖에 없으니. 좀 더 서로 의지할 수 있게 어머니도 더 강해질 필요가 있었다.

그래서 추가로 문일지십 효과도 넣었다.

김혜주 씨는 이 재능으로 스스로의 삶을 개척했다.

안치혁의 어머니에게 그 정도까지 바라진 않지만, 그래도 이게 도움은 되리라.

그렇게 효과를 정한 뒤 메뉴도 골랐다.

이번엔 어머니와 안치혁 것부터.

"민트 커피면 적당하겠네."

여러 가지 효과가 필요한 둘에게는 커피가 좋은데, 여기에 심신 안정에 좋은 민트를 넣어서 주기로 했다.

그리고 동생들에게는 줄 것도 정해져 있었다.

바로 시원한 과일이 들어가는 메뉴들이었다.

여름이기도 하고, 안치혁 말고는 다들 학생이고 어리니 커피보단 이게 나을 듯했다.

이제 텃밭에서 나오는 과일들이 종류가 꽤 되니 종류별로 하나씩 만들어 주기로 했다.

포도 봉봉 주스, 레몬 에이드, 수박 주스, 참외 셔벗까지.

"메뉴 나왔습니다."

이미 다 만들어 본 것들이라서 금방 다 만들었다.

"이건 어머니랑 치혁이 것. 그리고 이쪽은 동생들 먹고 싶은 거 골라서 먹으면 돼요."

"손 많이 가게 괜히 이렇게 다 다르게 할 필요 없는데……."

"다 비슷비슷해요. 이건 민트 들어간 커피인데 생각보다 괜찮으실 거예요. 혹시 민트 안 좋아하시나요?"

"어머! 민트 커피 예전에 어디서 마셔 봤는데…… 그때 괜찮았어요."

"다행이네요. 그거랑은 좀 다를 순 있지만 괜찮으실 거예요."

그사이 조금 진정되셨는지 안치혁의 어머니는 아까의 울먹이는 목소리에서 원래대로 돌아오셨다. 물론 여전히 눈가는 붉었지만.

아이들 앞에서 계속 울고 있을 수 없다는 어머니의 힘인가.

"감사합니다."

"감사합니다."

아직 어떤 심각한 일이었는지 체감을 못 하는 동생들과

그래도 조금은 아는 듯한 교복을 입은 동생이 감사 인사를 하며 음료를 나눠 들었다.
'음…… 얘도 아우라가 좋진 않네.'
아까는 못 봤는데 다른 동생들은 괜찮은데 교복 입은 동생은 아우라가 그렇게 좋지 않았다.
물론 안치혁과 어머니에 비하면 낫긴 했다만.
어느 정도 집안 상황을 알기 때문인가.
철이 일찍 든다는 건 참 대견하면서 또한 안쓰러운 일이었다.
그래서 그럴까.
지금 이 시간, 여기에서만큼은 조금 편히 쉬었다 갈 수 있는 시간이 되길 바랐다.
조율과 금생의 재능으로 좀 더 편안한 분위기를 만들었다.
그러자 아직 어린 동생들이 재잘거리기 시작했다.
아이들이 그러니 어른들과 애늙은이도 덩달아 조금 긴장을 풀고 쉬기 시작했다.
"이거 진짜 맛있어요!"
"이것도요!"
그때, 빠르게 먹을 수 있는 주스를 다 마신 제일 어린 두 아이에게 말했다.
"너희는 쌍둥이니?"
"네!"
"네!"

천진한 아이 둘은 금방 나와도 친해졌다.

수아보다 조금 더 어릴 것 같은데 다행히 애들은 참 밝다.

음료까지 더 주면 둘의 환심을 사니 안치혁 가족의 분위기는 더 풀렸다.

"애 만져도 돼요?"

"그건 당사자한테 허락을 받아야지. 애는 이름이 랑이야. 랑이야 만져도 되니? 라고 물어보렴."

관심이 어느새 랑이에게 향한 쌍둥이 남매는 무언의 허락을 구하며 조심스럽게 랑이를 만졌다.

그러고는 각자 형아, 언니한테 붙어서 재잘재잘거렸다.

그 덕분에, 지금 이 순간만큼은 여느 가족들과 같이.

안치혁의 가족들도 조금은 편히 쉬는 듯했다.

샤라랑~

가족들에게서 밝은 아우라들이 피어올랐다.

올 때만 해도 칙칙했던 아우라들이었다. 하지만 막내 둘의 재롱을 시작으로 밝은 아우라는 점점 커져 가족들을 뒤덮었다.

그리고 그렇게 함께 빛나는 가족들의 아우라는 그 어느 아우라보다 더 맑고 끈끈해 보였다.

*　*　*

안치혁의 가족들은 오래 머물지 않았다.

그래도 다행히 다들 이곳에서 편히 쉬다 가긴 했다.

아우라들이 맑고 밝아진 게 그 증거였다.

사기꾼을 잡았다고 해서, 그리고 사기당한 돈을 찾았다고 해서 형편이 갑자기 좋아진 건 아닐 텐데.

그럼에도 그들은 맑은 아우라를 되찾았다.

이유가 뭘까?

'역시 가족이라는 건가.'

어머니는 안치혁과 동생들에게, 그리고 안치혁은 어머니와 동생들에게.

그렇게 서로서로 의지하며 또 그들로부터 힘을 얻는 거겠지.

아마 가족이 아니라 또 따로따로 왔으면 그런 효과는 없었을지도 모르겠다.

물론 음료 효과 덕분에 조금은 달라졌을지도 몰라도 가족들이 왔을 때만큼은 아닐 것 같았다.

'어쨌든, 동생들을 공략한 게 유효했네.'

수아에게 하는 것처럼 해 줬을 뿐인데 되게 좋아했다.

왜 사기꾼은 잡은 것보다 그게 더 뿌듯한 것 같지?

그들이 떠난 자리를 정리하고 잠시 카운터에 앉아서 그들과 한 얘기들을 떠올렸다.

'사연이 많은 가족이라 그런가.'

누군들 사연이 없겠느냐마는.

어떻게 사기를 당하게 됐는지를 듣다가 알게 된 거였다.

들어 보니 안치혁 가족의 사연도 참 안타까웠다.

사실 안치혁 가족은 아버지가 계실 때만 해도 제법 유복했다고 한다.

지금처럼 된 건 아버지가 돌아가신 뒤라고.

'어머니께서는 불편한 몸으로 일을 다니시고, 동생들은 아직 어리고.'

더 자세한 사정까지 모른다.

아버지가 돌아가시고 왜 유복했던 집이 무너졌는지 등등.

굳이 묻지도 않았다. 어차피 과거가 중요한 건 아니니까.

그보다는 지금이 중요했다.

바로 안치혁이 그런 걸 어깨에 메고서도 묵묵하게 가장 노릇을 하며 또 꿈을 포기하지 않은, 그런 것 말이다.

잠시 그게 무너질 뻔했지만 결국 사기꾼을 잡으면서 다시 일어섰다.

그리고 의지 되는 가족들까지 옆에 있었으니……

'언젠가는 그 꿈을 이룰지도.'

그런 느낌이 들었다.

참, 내가 뭐라고 이런 생각을 하는지 모르겠지만.

어쨌든 그 꿈을 이루기 전 잠시 쉬었다 가는 아주 소중한 시간이었길 바랐다.

끼융~끼융~

"응? 아아."

그렇게 이미 떠난, 조금 특별한 손님이었던 안치혁 가족을 떠올리며 멍하게 있으니 미호가 옆에 와서 치댔다.

놀자는 건 아니고 이유는 따로 있었다.

바로 사기꾼들에게 뽑아 온 아우라의 지렁이 두 마리.

내가 컵에 넣어놔서 미호가 아까부터 계속 관심을 보이고 있었다.

"지금쯤이면 정화가 됐으려나."

사실 정화에 시간이 얼마나 걸리는지는 모른다.

앞서 두 번은 그냥 바로 됐으니까.

이번에는 두 가지 경우를 섞은 상황이라 혹시 몰라 그냥 열지 않고 뒀었다.

"열어 볼까?"

끼용~

미호가 잔뜩 기다리는 표정을 지었다.

저러고 있으니 간식을 앞둔 강아지 같네. 근데 브라우니는 또 언제 옆에 왔지.

꾸르~

얘도 궁금한지 미호만큼은 아니지만 기다리는 표정으로 나를 봤다.

"알았어."

진짜 그만 장난치고 열어 보기로 했다.

스륵!

컵 뚜껑을 조심스럽게 열었다.

안에서 빛이 쏟아진다거나 그런 건 없었다.

다만 커피 찌꺼기 속에 보석처럼 빛을 내는 두 개의 수정은 있었다.
'업의 정수!'
지난번 사기꾼에게 나왔던 것과 같았다.
그런데 크기가 많이 작았다.
아무래도 처음부터 지렁이 사이즈여서 그런가?
문득 이런 아우라의 사이즈에 대한 의문이 들었다.
사이즈를 결정하는 건 뭘까?
악한 마음? 아님, 악한 재능?
혹은 둘 다 일수도.
일단 두 개의 정수를 꺼냈다.
쌍둥이처럼 같은 크기에 같은 색이었다.

[업의 정수]
*효과
—터주의 강화

근데 효과는 전의 것과 좀 달랐다.
그땐 분명 '터주의 성장'이었는데.
이번엔 그냥 '강화'다.
성장과 강화의 차이는 뭘까?
'써 보면 되겠지.'
근데 이건 어디에다 쓰는 게 좋을까.
지난번에는 터의 관리에 필요해서 바로 썼는데 지금은

조금 애매하다.

당장 필요한 재능이…….

끼융~ 끼융~

"응? 네가 먹고 싶다고? 이걸 먹을 수 있어?"

끼융!

업의 정수를 들고 고민하고 있는데 미호가 자꾸 긁었다.

이렇게 보챈 적이 없던 터라 의아했다.

옆에 있는 브라우니도 보채는 건 아니지만 은근히 시선을 보내고 있었다.

"너도?"

꾸르~

두 녀석이 동시에 이러니까 왠지 뭔가 있는 것 같았다.

'터주의 성장도 결국 재능을 성장시키는 거니까, 얘들한테 써도 되지 않나?'

이번만 해도 미호의 재능이 아니었다면 이렇게 해결할 수 없었을지도 몰랐다.

그러니 얘들한테 쓰는 건 아깝지 않았다.

나는 안치혁 가족에게 얻은 재능도 있으니…….

"자. 둘 다 요즘 고생했으니까 먹어."

어떻게 먹는지 모르겠지만 일단 줘봤다. 그러자 미호가 먼저 잽싸게 정수 하나를 물더니 그대로 삼켰다.

스르륵…… 팟!!

미호의 몸에서 빛이 나왔다.

'이건 그때랑 좀 비슷한데?'

경찰서에서 미호에게 효과를 불어넣었을 때도 저랬다.

그리고 저러고 난 뒤에 꼬리가 하나 더 생겼다.

물론 효과가 사라지자 꼬리도 같이 없어졌지만.

설마 이번엔 영구적으로 꼬리가 하나 생기는 건가?

스륵.

빛이 점점 사그라졌다.

그리고 보이는 미호의 모습은……

"응? 꼬리가 더 안 생겼네?"

예상과는 조금 달랐다.

그럼 뭐가 달라진 거…… 어?

외형적으로는 그대로였다.

그런데 느껴졌다. 전에 미호에게 받은 여우 구슬, 몸에 흡수됐던 그게 좀 더 커졌다.

'강화라는 게 이런 건가.'

이번엔 브라우니를 봤다.

역시 업의 정수를 먹고 빛을 뿜었다. 그리고 그 빛이 사라졌을 때는 브라우니에게도 변화가 하나 생겼다.

그건 바로,

'지신밟기?'

새로운 재능이 생겼다.

땅의 풍요를 빌며 잡귀와 악신으로부터 땅을 보호한다는 놀이에서 파생된 재능 같은데…….

요즘 사기꾼들 몇을 보고 나니 왠지 지금 호랑이 쉼터

에 꼭 필요한 능력이라는 생각이 들었다.
 그런데 강화와 성장의 차이도 알 듯 말 듯 했다.
 "미호는 알겠는데, 브라우니는 뭐지?"
 미호는 말 그대로 있는 재능이 강화된 것 같았다.
 그런데 브라우니는 새로운 재능이 생겼다. 그 차이는 뭘까.
 "아! 혹시?"
 그런 생각이 들었다.
 경험치.
 게임으로 치면 그런 거다. 강화는 경험치를 주는 거고, 성장은 경험치와 상관없이 바로 레벨을 올려 주는 거라면?
 미호의 경험치는 아무래도 브라우니에 비하면 부족했을 거다.
 그러니 그냥 있는 재능의 강화로 끝났고.
 반면 브라우니는 그래도 초창기부터 함께 해 왔으니 그동안의 경험치가 꽤 있을 테니 강화로 성장까지 할 수 있는 양을 채운 것이다.
 "이게 맞는 것 같네."
 업의 정수라…… 참 신기한 거였다.
 근데 그렇게 자주 보고 싶진 않았다. 그보다는, 차라리 이게 좋았다.
 '재능흡수로 얻은 것도 확인해 볼까.'
 맑고 밝은 아우라를 뿜으며 안치혁 가족들이 주고 간

재능을 봤다.

>안치혁 가족의 합일

 어떤 재능이냐를 떠나서 나는 이게 더 뿌듯하고 좋았다.
 근데, 합일?
 이건 뭐지?
 "아저씨!! 저 방학했어요!!"
 딸랑~딸랑~
 일단 문에 달린 종이 소리를 울리기도 전에 먼저 말을 할 수 있는 재능을 가진 수아부터 맞이하고 생각해 보기로 했다.

3장

"여름 방학이라니! 너무너무 신나요! 어떡하죠?"
"부럽구나."
"아저씨도 그럼 여름 방학해요!"
"되겠냐?"
"왜 안 돼요? 아저씨 카페인데?"
"그런 사정이 있단다."
10년 동안 호랑이 쉼터 운영. 거기에 여름 방학도 포함될 리가 없었다.
며칠 휴무 정도는 써도 된다는 말은 들었지만.
아무튼 잔뜩 들뜬 수아는 자신의 여름 방학 계획을 재잘재잘 얘기했다.
수아를 보니 또 안치혁의 쌍둥이 막냇동생들이 떠오른다.

비슷하면서도 성격이 다른 두 녀석은 쉴 새 없이 얘기를 했었지.
'안치혁이 왜 아침 일찍 나와서 공부하는지 알 것 같은 수다였는데…….'
지금 보니 수아는 그 쌍둥이의 양을 넘어서는 것 같았다. 그래서 그 쌍둥이들을 상대하기 쉬웠나?
"그나저나 연습생으로 가는 건 어떻게, 준비는 다 됐어? 시아 아버지는 뭐라셨어?"
"준비야 착착 잘 되고 있죠! 그리고 시아는 처음엔 반대했는데 제가 잘 설득했어요!"
"그래? 어떻게?"
"아저씨를 얘기하니까 바로 허락해 주셨는데요?"
"……나?"
그건 또 무슨 소리래. 내가 따라가는 것도 아닌데?
"아저씨 친구가 거기 소속사 사장님이라고 했어요."
"그걸 그렇게 얘기했다고? 아니, 근데 그렇게 말했는데 허락했다고?"
그게 더 이상한데? 그보다 이 녀석…….
"누가 아저씨 팔래? 응?"
"우우우!"
수아의 볼을 잡고 늘렸다가 눌렀다가 반죽처럼 쪼물거리니 녀석이 이상한 소리를 냈다.
귀여워서 여기서 더 뭐라 할 수도 없고.
"그냥 물어보셔서 얘기한 거라고요!"

볼을 놓아 주니 수아가 억울하다는 듯 말했다.

그렇다면야 뭐. 내가 너무 어른 관점으로 생각했나 보다.

"그래서 결국 시아랑 같이 가는 거야?"

"네!"

"지내는 건? 숙소?"

"기숙사래요. 저랑 시아랑 2인 1실! 밥도 엄청 잘 나온대요!"

"그래?"

그럼 크게 걱정할 일은 없을 것 같은데 그래도 어른이 옆에 없으니 걱정이 되긴 했다.

일이 있는 나도 그렇지만 수호도 여름에 전지 훈련을 떠난다고 들었다.

'그렇게 생각하면 수호 없는 빈집에 수아 혼자 있는 것보다 그게 나으려나.'

밥도 나오고 거기엔 또래도 많았다.

소속사에서도 보호자 겸해서 신경도 쓴다고 하니까…….

그래도 역시 걱정이 된다.

배준성한테 한 번 더 부탁하고 또 혹시 모르니 고나은에게도 얘기는 해 봐야겠다.

이런 일로 연락해도 되는 건지 모르겠지만.

'연락하라고 연락처를 줬겠지.'

연예인이, 그것도 잘나가는 아이돌이 굳이 연락처를 줄 이유가 그것밖에 더 있을까.

3장 〈137〉

전에도 하려다가 못했으니, 생각난 김에 지금 해 보자.
물론 바쁠 수도 있으니 문자만 먼저 남겼다.
그런데.
지잉!
"……안 바쁜가."
바로 연락이 왔다.
"네, 여보세요."
—안녕하세요! 편하게 연락 주셔도 되는데!
"혹시 바쁘실까 해서요."
—바쁘면 어차피 못 받으니까 괜찮아요!
아, 그런가? 내가 아는 연예인이 있어 봤어야 알지.
고나은이 그렇다니까 그렇겠지 뭐.
내가 갑자기 통화를 하니 수아가 고개를 갸우뚱하면서 쳐다봤다.
"고나은 씨야. 너 서울 올라가면 혹시나 해서 부탁하려고."
"앗!?"
잠시 폰을 옆으로 떼고 수아에게 설명을 해 줬다.
어차피 고나은 쪽도 주변에 멤버들이 있었는지, 저편에서 누구랑 통화하냐고 묻고 있는 소리가 들린다.
각자 그렇게 주변에 설명을 한 뒤에야 본론으로 들어갔다.
"이번에 같은 마을에 사는 수아라는 친구가 나은 씨 소속사 연습생 여름 방학 체험에 가거든요."

―아아. 그래요?

뭐지? 처음 받았을 때랑 조금 텐션이 다르다.

역시 이런 부탁은 좀 그랬던가?

그래도 이미 말이 나온 김에 부탁해 보고 아니면 말지 뭐.

"그래서 혹시나 시간이 되시면 조금 봐줬으면 해서요. 기숙사에 들어간다고 하니까 크게 신경 쓸 부분은 없을 것 같긴 한데, 그래도 혹시나 해서요. 아직 어린 친구라."

―……어린 친구요? 몇 살인데요?

"이제 11살입니다."

―아! 진짜 어린 친구였네요~! 걱정 마세요! 저희도 요즘 활동 안 하고 앨범 준비 중이라 연습실에서 살고 있거든요! 틈틈이 볼 수 있어요!

아까는 묘하게 텐션이 낮더니 이제는 또 텐션이 높다.

뭐지? 연습한다고 요즘 힘든가?

수아 올려보낼 때 텃밭에서 난 과일들 좀 같이 보내야겠다.

따로 음료를 해 줄 순 없으니.

"우아아! 진짜 고나은 언니예요!?"

통화 대상이 고나은이라는 걸 알자 수아가 카운터를 뛰어넘을 듯이 고개를 내밀었다.

그러자…….

―방금 목소리가 그 친구인가요? 너무 귀여워요! 잠깐 통화해도 돼요?

"예? 그러면 저야 좋죠."

수아의 목소리를 들었는지 고나은이 자기가 통화하겠단다.

팬 서비스가 아주 친절한 사람이네.

폰을 넘겨주니 수아가 들뜬 목소리로 통화를 했다. 옆에서 들어 보니 둘이 꽤 잘 통하는 듯했다.

아니면 고나은이 수아에게 잘 맞춰 주든가.

'뭐가 됐든 조금 걱정은 덜었네.'

상기된 표정으로 통화를 끝낸 수아를 봤다.

그렇게 좋은가?

"통화만 했는데도 좋아?"

"네! 완전! 으으! 고나은 언니랑 일대일 통화라니!"

저 정도로 좋아하는 거였으면 전에 고나은이 멤버들과 왔을 때 말을 해 줄 걸 그랬다.

왔는데 말해 주지 않았다고 삐졌던 게 이해가 될 정도니.

"아차차! 아저씨. 우리 바캉스 가요!"

그렇게 통화가 끝난 뒤, 넋이 나갔던 수아가 갑자기 정신을 차린 듯 소리쳤다.

"응? 웬 바캉스? 그거 저기 냇가에서 했잖아."

"……그게 왜 바캉스예요? 그냥 피크닉이지."

"그게 그거 아냐?"

"……아저씨는 도대체 어떤 삶을 살아오신 거죠?"

뭐야, 그 불손한 눈빛은.

열심히 살았구먼, 그게 뭐…… 라고 하기엔 그냥 진짜 열심히만 살았다는 생각은 조금 들었다.

그게 나쁘다는 건 아니지만.

"그래서, 바캉스는 뭔데?"

"1박 2일로 동해로 가는 거예요!"

"1박 2일?"

"네! 어때요?"

"별론데."

"왜요!?"

딱히 이유가 있는 건 아니었다.

그냥 수아가 저런 표정을 짓는 걸 보고 싶어서 하는 장난이었으니까.

근데, 그건 둘째 치고.

수아랑 바캉스를 간다는 건 그냥 내가 보호자로 따라가야 된다는 거 아냐?

바캉스는 순 자기만 바캉스고 나는 아닌 것 같은데.

"시아도 꼬드길 거예요! 시아 아빠랑~ 우리 오빠랑~ 또 송송이 언니랑 선아 언니, 도윤 오빠도!"

"……마을 바캉스야?"

그냥 가볍게 놀러 가자는 게 아니었나?

"저 서울 가면 2달은 못 볼 텐데 괜찮아요? 그런 추억이라도 쌓아야……."

"네가 무슨 마지막 잎새야? 어차피 두 달 뒤면 올 거잖아."

어이가 없어서 수아를 보니 녀석이 카운터 테이블에 두 손을 모으고 그 위에 초롱초롱한 눈빛을 장착한 얼굴을 올렸다.

장화 신은 고양이 눈빛 공격이었다.

* * *

결국 수아가 서울 가기 전에 바캉스를 떠나기로 했다.

다른 사람 동의는 수아가 모두 구했다. 이런 건 참 빠른 녀석이었다.

게다가 명목은 또 그럴싸하게 붙였다.

마을 자원 봉사 모임의 외부 활동.

"머리는 좋단 말이야."

이런 핑계라면 안 갈 수가 없었다.

그나저나 이렇게 가면 천호리 마을에 내려온 뒤로는 처음 밖으로 나가는 거였다.

그동안 읍내 정도만 나갔지, 그 밖으로는 나간 적이 없었다.

'신기하네.'

회사 다닐 땐 현장에 간다고 정말 여기저기 많이 돌아다녔다.

오히려 집에만 있으면 불안할 정도였는데, 이젠 밖으로 나가는 게 어색하다니.

사람의 적응력은 정말 놀라웠다.

"하루를 비우는 것도 낯서네."

종종 휴일을 가지겠다고 계속 생각은 하고 있었는데 굳이 그럴 필요가 없어서 안 했다.

아마 이번 기회가 아니면 계속 안 했을지도.

어쨌든 이미 가게 됐으니 즐거운 마음으로 가기로 했다.

물론, 그 전에 할 일은 하고 가야겠지만.

아, 바캉스에 필요한 준비는 한송이와 이선아 등등이 하기로 했다. 나는 그냥 운전 담당이었다.

수아 녀석, 혹시 이것 때문에 나한테 같이 가자고 한 건가?

살짝 의심은 들었지만, 오히려 나는 편했다.

장소나 숙박지 등등 다 알아서 한다고 하니 몸만 가면 되니까.

"과일이랑 빵, 그리고 음료만 좀 챙겨 가면 되겠지."

준비는 그게 끝이고, 가기 전까지는 정상적으로 카페에서 시간을 보내기로 했다.

마침 할 일도 있었다.

새로 얻은 재능, 합일에 대한 거였다.

이건 또 무슨 재능일까.

이것도 화생의 재능으로 자리를 잡았다. 희생, 신념, 극복과 같은 카테고리였다.

"아우라를 소모해서 재능을 불어넣을 수 있는 건가?"

조금씩 다르긴 했지만 화생의 재능들의 공통된 특징이

었다.
 합일이라는 재능도 그럴 것 같은데…….
 뭐, 확인하는 거야 써 보면 되겠지.
 물론 그 전에 더 확인할 게 있긴 했다.
 "브라우니."
 꾸르~
 "가자. 지신밟기 하러."
 브라우니와 함께 텃밭으로 나왔다.
 미호는 딱히 다른 변화가 없었기에 따로 확인할 게 없었다.
 아마 경험치 같은 무언가가 더 쌓여야 미호도 브라우니처럼 변화가 있을 것 같았다.
 '그때 임시로 꼬리가 세 개가 된 거니까. 다음엔 미호한테 일어날 변화는 그거겠지?'
 세 개의 꼬리를 가진 미호라…….
 그럼 삼미호가 되는 건가?
 이러다 진짜 구미호가 되는 건 아니겠지?
 꾸르?
 "응? 아. 잠깐 딴생각했네. 그럼 바로 해 볼까?"
 꾸르~!
 텃밭에 나와서는 조용히 있는 나를 보고 브라우니가 톡톡 건드렸다.
 다른 생각은 접고 앞에 집중하기로 했다. 뭐, 그래봤자 내가 직접 하는 건 아니지만.

"시작해 볼래?"

꾸르!

브라우니가 자신 있게 답하며 앞으로 나섰다.

우우웅!!

그러자 주변의 아우라들이 브라우니에게 공명했다.

'뭐 하나 필요 없는 재능이 없네. 결국 다 이어지게 되니.'

공명하던 아우라가 브라우니에게 흡수되는 모습을 보며 생각하던 그때!

아우라를 흡수한 브라우니의 몸이 조금 커졌다. 그리고 그 상태로 브라우니가 텃밭을 뛰어다니기 시작했다.

여기저기 땅도 밟고 작물도 밟았다.

어느새 또 나버린 잡초 또한 그런 브라우니에게 밟혔다.

그야말로 텃밭을 뒤집어엎어 버리는 브라우니의 모습에 순간 말려야 하나 싶었지만, 꾹 참고 기다렸다.

그렇게 잠시.

어느 순간부터 브라우니가 날뛴 효과가 눈에 나타나기 시작했다.

쏙! 쏙!

안 그래도 이미 싹이 난 감자들이 더 자라기 시작했다.

거기에 다른 작물들도 열매를 더 맺었다. 아직 꽃망울만 달린 작물은 꽃을 피웠다.

텃밭에 풍요로움이 가득해졌다.

그 효과를 확인 후.

"브라우니. 이제 그만할까?"

곧장 신나게 뛰고 있는 브라우니를 진정시켰다.

'이거, 효과는 좋은데 아우라가 엄청 소모되는데?'

역시 좋은 효과에는 많은 아우라가 소모되는 모양이다.

순식간에 텃밭에 모여들었던 아우라가 반으로 줄었다.

샤라랑…….

포동포동하던 아우라들이 반쪽이 돼서 내 옆으로 날아왔다.

"고생했어. 좀 쉬자."

브라우니도, 아우라들도.

좀 쉬게 두고 텃밭을 살폈다.

옥수수를 뽑아 버린 자리가 무성한 감자 잎새로 가득해졌다.

'나중에는 텃밭 전체 말고 하나만 집중해서도 해 봐야겠어.'

생각대로 된다면 필요한 작물을 그때그때 수확할 수도 있을 것 같은 어마어마한 재능이었다.

'근데 이게 다가 아니라니.'

지신밟기는 분명 땅의 풍요를 부르는 재능이었다.

하지만 다른 재능 또한 있었다.

잡귀와 악귀를 쫓아내는 힘.

"근데 그건 지금 확인을 못 하겠네."

잡귀와 악귀가 없으니 그건 나중에 확인하기로 했다.
그럼 이제 남은 건, 합일의 재능인데…….
'이건…… 그 메뉴가 좋겠네.'
마침 확인하기 좋은 메뉴가 생각났다.

* * *

메뉴도 확인하고 휴가로 1박 2일 동안 비울 카페도 정리했다.
이제 진짜 휴가였다.
기왕 가는 거 마음 편하게 갔다 오기로 했다.
아, 하나 마음에 걸리는 건 있었다.
바로 안치혁이었다.
그날 이후 다시 아침마다 찾아오는 안치혁이었는데, 하루는 어쩔 수 없이 닫아야 했기 때문이다.
그래서 혹시나 올 거면 카페는 문을 잠글 테니 공터의 나무 아래 그늘 쉼터에서 쉬다가 가라고 했다.
안치혁의 성격으로 볼 땐, 안 올 가능성이 높지만.
그래도 말이라도 그렇게 해 줬다.
"출근했다가 바로 퇴근하는 느낌이라 좀 기분이 이상하네."
꾸르~
"그래. 잘 갔다 올게."
브라우니는 카페에 남기로 했다.

같이 가려면 갈 수 있는데, 굳이 여길 떠나기 싫은 모양이다.

물론 미호는 따라간다. 원래부터 싸돌아다니길 좋아하던 녀석이니까.

그렇게 마지막으로 카페 문을 확인한 뒤, 오솔길 아래로 내려왔다.

차는 이미 앞에 와 있었다.

"아저씨! 얼른요!"

큰 SUV 차였다.

이장님이 아끼는 차인데 수아 덕분에 빌린 것이다.

차 키를 넘겨줄 때 손아귀 힘이 굉장히 강했던 기억이 떠올랐다.

'잘 쓰겠습니다.'

인원이 꽤 되는지라 어쩔 수 없었다.

이선아의 경차로는 수아, 수호, 한송이, 이선아, 강도윤, 그리고 나까지 여섯 명을 태울 수 없으니까.

내 차는 아직도 서울에 있어서 가지고 오기 힘들었고.

'그것도 가지고 오긴 해야 되는데.'

탈 일이 없으니 서울까지 가는 게 귀찮다.

나중에 수아가 서울 갈 때 같이 가서 가지고 오든지 해야겠다.

"그럼 출발할까요?"

"네!!"

카페에서 가지고 온 짐을 트렁크에 실은 뒤 운전석에

탔다.
 오솔길을 내려 올 때까지만 해도 별 감정이 없었는데, 이렇게 운전대를 잡으니 뭔가 좀 묘한 느낌이 들었다.
 진짜 놀러 가는 느낌.
 그것도 가족 여행 같은 느낌이 드는 건 좀 오버인가?
 "인간 네비는 맡겨 주십쇼."
 강도윤이 옆에서 말에 바로 출발했다. 하지만 말했던 것과는 다르게.
 "쿠우우우."
 "……바로 주무셨는데요?"
 출발과 함께 졸도해 버렸다. 어제 밭일을 이틀 치 했다나?
 어차피 인간 네비는 필요 없어서 그냥 뒀다.
 떠들 사람은 뒤에도 많았으니까.
 "아저씨! 아저씨! 휴게소 갈 거죠?! 네? 가야 돼요!"
 "묻는 거야. 요청하는 거야?"
 "부탁이요!"
 "……알았으니까 앉아. 안전벨트도 메고."
 "프히히! 네!"
 너무 말이 많아서 오히려 탈이었다. 수아는 뒤에 앉아서 끊임없이 수다를 떨었다.
 고개를 절레절레 저으며 시골길을 따라 운전했다.
 차창 밖의 풍경이 정말 평화로웠다.
 그래선지 나도 묘하게 들뜬 기분이었다.

카페를 하면서 누군가에게 쉴 수 있는 쉼터를 제공하다가 이렇게 내가 쉼터를 찾아가는 경우는 처음이라 그런가?
"시아는 어디서 탄다고?"
"읍내 백호 초등학교 앞이요!"
"그래."
그렇게 시아까지 픽업을 한 차는 이내 동해를 향해 달렸다.

* * *

휴가와 여행의 묘미는 떠날 때의 설렘이라고 했던가.
근데 과정도 충분히 즐거운 일이었다.
운전이 조금 고달프긴 했다만.
"휴게소다."
"예쓰! 핫바! 저 핫바 먹을래요!"
이런 소소한 즐거움 덕분에 힘든 것도 금방 잊혔다.
어느새 반쯤 지나 휴게소에 섰다.
자고 있던 이들도 벌떡 일어나게 만드는 휴게소였다.
다들 밖으로 나와 기지개를 켜며 볼일을 보러 움직였다.
'날이 덥긴 덥네. 호랑이 쉼터랑 천호리가 시원한 편이었어.'
휴게소의 바닥이 뜨거운 햇살에 데워져서 그런지, 에어

컨이 나오는 차 안에서 나오자 엄청 더웠다.

올해는 별로 안 덥나 보다 싶었는데, 그냥 천호리가 덜 더운 거였다.

아스팔트 바닥이 거의 없어서 그런가? 나무 그늘이 많아서 그럴지도.

휴게소 앞의 주차장에는 빛을 가리는 게 없었으니 더 더운 것 같긴 했다.

아무튼 그늘을 찾아서 나도 사람들이 모여 있는 건물로 들어왔다.

건물 밖에는 이것저것 간식거리들을 팔고 있었는데, 수아는 당연히 거기 있었다.

빠르기도 하지.

"아저씨!"

"왜? 계산해 달라고?"

"아니요! 그거 말구! 저기! 저기 줄 좀 서 주세요!"

"저거? 저건 뭔데?"

"알감자요!"

여름 휴가철이라 그런지 휴게소에는 사람이 많았다.

당연히 간식 코너에도 사람들이 줄이 서 있었는데, 그 중 유난히 길게 선 줄이 바로 알감자 줄이었다.

휴게소 간식하면 빼놓을 수 없다고 하더니 진짜인가 보다.

일단 수아가 말한 대로 줄을 섰다.

아무래도 간식이니까 줄은 빠르게 줄었지만 그래도 워

낙 길어서 시간은 좀 걸릴 듯했다.

그동안 사람들을 구경했다.

정확히는 아우라들을 봤다.

쑥쑥이에게 축복을 받아 왔기 때문에 볼 수 있었다.

물론 이제 쑥쑥이의 축복이 아니더라도 볼 수 있는 방법은 있었지만 그래도 이게 편하긴 했다.

아우라 걱정도 없고 말이지.

아무튼 사람들의 아우라를 보는데, 이건 카페에서 손님이 많이 왔을 때랑 비교해도 차원이 다른 풍경이었다.

'진짜 다양하네.'

수많은 사람이 그에 맞춰 다양한 아우라들을 품고 있는 게 보였다.

그걸 보고 있자니 이렇게 나오길 잘했다는 생각이 문득 들었다.

그냥 보고만 있는데 식견이 늘어나는 느낌이라고 해야 되나?

사람들마다 다른 상태인 것도 재미있었다.

어떤 사람은 즐겁고, 또 어떤 사람은 지겹고…….

같은 목적을 가지고 출발해도 느끼는 게 달랐다.

"고객님? 뭐 드릴까요?"

"아."

그렇게 보다 보니 금세 줄이 줄어 내 차례가 왔다.

바로 주문을 하려는데,

'응?'

간식 코너 너머로 칙칙한 아우라가 하나 보였다.
휴가를 떠나는 길목에서 칙칙한 아우라라니…….
유독 눈에 띄는지라 안 볼 수가 없었다.
"고객님?"
"어, 그…… 알감자 큰 거 하나 주세요."
"네~ 결제되었습니다. 저기서 받아 가면 되세요."
일단 알감자를 결제했다.
그리고 바로 다시 칙칙한 아우라를 찾아보려고 했는데, 그사이 사라졌다.
'……일하러 온 것도 아닌데 신경 끄자.'
다시 찾아볼까 싶었지만 당장 찾는다고 뭘 할 수 있는 것도 아니긴 했다.
여긴 카페가 아니니까.
게다가 찾는 것도 쉽지 않고.
칙칙한 아우라가 튀긴 했지만 수많은 사람의 아우라가 어지러이 얽혀 있어서 찾기 쉽진 않았다.
"아저씨! 샀어요?"
"어. 자, 여기."
"예쓰~! 그럼 다 모았어요!"
"……이게 소원 들어 주는 구슬이야? 하나씩 모으게?"
"프히히! 소원은 안 들어줘도 배는 채워 주는데요?"
하여튼 말은 잘해요.
덕분에 아까 봤던 칙칙한 아우라는 금방 머릿속에서 사라졌다.

늘 하는 생각이지만 모든 일을 내가 해결할 순 없다. 할 수 있는 걸 할 뿐이다.

지금은 그게 수아를 따라가는 거고.

해맑게 웃는 수아를 따라 야외 테이블이 있는 곳으로 가니, 다들 하나씩 뭔가를 사 들고 모였다.

"이거 다 먹을 수 있어요? 간식이 아니라 식사인데?"

"에이~ 이 정도는 금방 먹고 금방 소화되죠!"

한송이가 자신만만하게 말했다.

그리고 이선아는 이 모습을 또 카메라로 찍었다.

정신이 다 없네.

"먹어도 되죠?"

"……이미 먹고 있는 거 아냐?"

시아는 그새 입에 뭘 가득 넣고 있었다.

가지고 온 건 온전한 걸 보니 다른 걸 또 사서 먹으며 온 것 같았다.

참 잘 먹는다.

전에 수아에게 듣기론 아빠가 요리 솜씨가 조금 부족해서 밖에 있을 때 많이 먹는 거라는데…….

그런 것보다 그냥 먹는 걸 좋아하는 것 같은데?

아무튼.

"일단 먹죠."

음식 앞에 두고 계속 얘기할 건 아니니 먹기로 했다.

사실 나도 배는 좀 고프긴 했다.

여기까지 운전도 꽤 했으니.

"네~!"

맥반석 오징어, 알감자, 핫바, 떡볶이 등등.

진짜 간식 코너에 있는 건 하나씩 다 쓸어 온 듯한 메뉴 중에 제일 먼저 먹은 건, 내가 사 온 알감자였다.

짭짤한 소금이 위에 뿌려진 알감자를 한 입 베어 무니…….

"응? 소금이 아니라 설탕이네?"

맛은 나쁘지 않은데 조금 아쉽다.

아주 어렸을 땐 소금이었던 것 같은…… 응?

이건 무슨 기억이지?

갑자기 머릿속에 기억이 떠올랐다.

낯선 듯 익숙한 묘한 기억이었다.

내 어린 시절?

그때 휴게소에 온 적이 있었던가?

그것도 가족이랑?

그런 적이 있을 리가 없는데……?

"아저씨. 뭐 해요? 맛없어요? 맛있는데?"

"응? 어. 아냐. 괜찮네."

너무 오래 멍하니 있었는지 수아가 나를 보며 고개를 갸우뚱했다.

기억은 그사이에 금방 사라져서 더 의아해졌지만 일단 다시 먹었다.

너무 오랜만에 밖에 나와서 그런가?

웅성! 웅성!

그렇게 다시 먹기 시작했다. 하지만 기억이 더 떠오르는 일은 없었다.

"음?"

그런데 다른 방해가 있었다.

지나가는 사람들이 우리를 보면서 묘하게 수군거리는 느낌이었다.

"와, 진짜 잘생겼다."

"저기 잘 먹는 애기 너무 귀여워!"

"저기 금발 누나는 연예인인가?"

"어? 저 사람, 너튜버 아닌가? 어디서 본 것 같은데."

"뭐야? 뭔데? 연예인들이야?"

집중해서 들어 보니 일행들을 향한 말들이 들렸다.

그러고 보니, 우리 일행들의 외모들이 참 특출났지. 수호는 물론이고 나머지들도 다 한 미모들 했다.

심지어 강도윤은 진짜 현역 배우였다.

"저! 저 그 영화 봤어요! 우와! 실물이 훨씬 잘생겼어요! 여우 인간 분장도 괜찮았는데!"

역시나 강도윤을 보고는 알아채곤, 와서 이야기하는 팬들도 있었다.

하긴 최근 작품을 하나 끝냈는데, 모르는 게 이상하긴 하지.

이거, 간식 먹기엔 참 불편한 상황이었다.

워낙 잔뜩 사서 많이 남았는데…….

"차에 가서 먹을까요?"

"그래야 될 것 같아요."

어쩔 수 없이 나머지는 차에 가서 먹기로 했다.

강도윤이 팬과 잠시 얘기하는 사이 얼른 간식을 챙겨서 차로 돌아왔다.

"휴우! 다들 잘 들어왔지?"

운전석에서 뒤돌아보며 인원을 확인했다.

애들이 혹시나 해서였다.

수아, 시아. 둘 다 있고, 한송이와 이선아, 그리고 수호까지 다 있었다.

남은 한 자리는 아직 오지 않은 강도윤의 자리였으니 당연히 비어 있…… 어야 하는데?

"어?"

"배고파. 얼른 줘. 감자."

"어…… 여기."

옆자리에 당당히 자리를 잡은 할머니가 더 당당하게 알감자를 요구했다.

뭐지? 잘못 타신 건가?

그러기엔 너무 당당한데?

나를 보고도 전혀 당황하지 않으셨다.

"저기 누구……."

"아빠! 왜 감자 안 줘! 얼른 줘!"

"예?"

누구냐고 묻자 할머니가 갑자기 소리를 쳤다. 그것도 알 수 없는 말로.

나보고 아빠라니? 설마……

[김복순]
*상태
―초기 치매
―허기

당황스러웠지만 할머니의 상태를 보고 이해를 했다.
"여기 드세요."
"응!"
마치 어린아이가 된 듯 할머니는 내가 건넨 알감자를 먹었다.
근데 한 입 먹고는 다시 내려놨다.
"소금! 왜 소금 아니야!"
그걸 나한테 얘기한다고 뭔가 답이 될 턱이 없는데. 할머니의 상태를 아는 터라 뭐라고 하기도 참 애매했다.
"할머니는 누구예요?"
"너는 누구야?"
"저는 백수아요!"
"나는 김복순이야. 10살."
"엥? 10살? 나는 11살인데."
"언니네? 언니는 누구야?"
뒷자리에 있던 수아가 할머니에게 말을 걸면서 알감자의 설탕과 소금 사이 문제는 잠시 묻혔다.

상황이 너무 혼란스러워서 나도 정신이 다 없네.

저게 도대체 무슨 대화래.

"할머니가 왜 10살이에요?"

"나 할머니 아니야!"

할머니의 상태를 알 턱이 없는 수아가 황당한 표정을 짓는 사이, 대충 상황을 인식한 한송이가 끼어들었다.

"복순아~ 복순이 엄마는 어디 있어?"

"엄마, 복순이 엄마 없어······."

이런. 하필 포인트를 잘못 짚어 버린 듯했다.

울적하게 한송이의 말에 답한 할머니의 표정이 심상치 않았다.

왠지 우실 것 같은데······.

'정신 차리자.'

이럴 때 내가 멍하니 있으면 안 된다는 사실을 떠올렸다.

사실상 나는 여기 보호자로 온 거나 다름없었다.

"복순아. 감자 대신, 오징어 먹을까? 복순이 오징어 좋아하지?"

"응! 아빠!"

"끄응."

내가 왜 아빠인 건지는 모르겠지만 일단 넘어갔다.

이제 이걸 어떡하지?

그때, 저 멀리 창밖으로 칙칙한 아우라가 눈에 보였다. 왠지 아까 봤던 그 칙칙한 아우라인 것 같은데······.

그 주인은 차 앞에서 굉장히 부산스럽게 뭔가를 찾고 있었다.
순간 묘한 감이 들었다.
주변을 두리번거리던 칙칙한 아우라의 주인은 다른 곳에 가 보려는 듯 차에서 멀어지려 했다.
왠지 놓치면 안 될 것 같아서 바로 나가 보려는데,
"아빠 어디가? 복순이만 두고 가지 마……."
"아."
낌새를 눈치 챘는지 할머니가 내 팔을 붙잡았다.
그런데 그 힘을 뿌리치기가 쉽지 않았다.
너무 힘이 세서 그런 게 아니라, 오히려 너무 약해서였다.
마치 진짜 어린아이가 된 듯한 힘이었다.
그도 그럴 것이, 김복순 할머니는 꽤 쇠약해진 상태로 보였다.
물론 그렇다고 이렇게 있을 순 없었다.
마침 밖에는 강도윤이 아직 있었으니, 잡히지 않은 한 손으로 톡을 남겼다.
그리고 혹시 모르니 한송이에게도 슬쩍 눈짓을 줬다.
단톡에 올린 거라 같이 확인한 한송이가 이선아와 얘기를 나누는 모습이 보였다.
'맞겠지?'
밖에 있는 칙칙한 아우라의 주인이 이 할머니와 관계가 없다면 조금 더 복잡해질 수 있었다.

경찰에 신고를 해야 될 수도 있으니까.

요새 유난히 경찰을 볼 일이 많아지는 것 같은데……
물론, 이번엔 다른 이유였지만 자주 봐서 좋은 건 없었다.

"할머니~ 할머니 어디서 왔어요?"

"복순이 할머니 아니야!"

"아, 음. 그럼 복순아. 어디서 왔어?"

혹시 모르니 계속 할머니에게 말은 걸었다.

칙칙한 아우라를 가진 사람이 할머니와 관계가 있다는 건 어디까지나 짐작일 뿐이니까.

"할머니~ 아니, 복순아! 이것도 먹을래? 핫바!"

"핫바? 응!"

할머니의 상태를 눈치챈 건지, 수아가 자기가 먹으려던 핫바를 건넸다.

그리고 시아는 핫도그를 건넸다.

그 덕에 할머니는 양손에 핫바와 핫도그를 가지게 되면서 내 팔은 자유를 얻었다.

이 틈에 강도윤이 톡을 봤는지 확인을 하는데.

―할머니고요, 자주색 꽃무늬 조끼를 입고 계세요.

―사람 찾는 분이 계셔서 혹시나 해서 인상착의를 얘기해 보니까 맞는 것 같아요. 지금 차 있는 쪽으로 가고 있어요.

다행히 한송이가 더 상세하게 설명해 준 덕에 강도윤이 보호자를 데리고 오는 듯했다.

정말 다행이었다.

할머니가 아무것도 모른 채 간식을 먹는 사이, 나는 밖의 상황을 살폈다.

역시나 강도윤이 아까 그 칙칙한 아우라를 가진 사람과 함께 오는 게 보였다.

똑똑!

차에 다가온 둘은 문을 한 번 두들긴 뒤 열었다.

"김복순! 왜 여기 있어! 내가 딴 데 가지 말랬잖아!"

"복순이 딴데 안 갔다! 아빠랑 있었다!"

"할아버지가 여기 어디 있어!?"

"여기 아빠 있어! 바보 언니야!"

중년의 여성이 김복순 할머니를 확인하고 안도의 한숨과 함께 버럭 소리를 질렀다.

하지만 김복순 할머니도 그에 지지 않았다. 서로 팽배한 긴장감 속에 슬쩍 끼어들기로 했다.

"안녕하세요. 이분 보호자세요?"

"아, 네. 어머니세요. 화장실 갔다 오는 사이 갑자기 사라지셔서…… 정말 감사해요. 짐작하시겠지만 지금 조금, 편찮으시거든요."

"예. 그건 괜찮습니다. 다행이네요. 그래도 큰 사고는 없었습니다."

"아휴…… 그러게요."

김복순 할머니의 딸이었다.

뭐, 그건 얼굴만 봐도 알 수 있을 만큼 닮아서 굳이 확인하지 않아도 될 듯했다.

왜 딸을 언니라고 부르는 건지는 모르겠지만, 아마 치매와 관련이 있지 않을까 싶었다.

애초에 나를 아빠라고도 부르니 뭐…….

아무튼 무사히 할머니를 찾은 딸은 연신 감사하다고 말했다.

그리고 얼른 할머니를 차에서 내리게 하려고 했다.

"얼른 내려! 바다 보러 가자며? 바다 보러 가자. 응? 언니랑 가자?"

"복순이 아빠랑 갈 거다!"

"아빠 없다니까? 아빠가 여기 어디 있어!"

"여기 아빠 있어! 언니 바보!"

하지만 내리지 않으려는 할머니와 실랑이했다.

사실 보호자를 찾았으니 굳이 여기서 내가 나설 필요는 없었다.

하지만 왠지 할아버지가 생각이 나서 나도 모르게 나섰다.

'체화, 몰입, 위장, 소통.'

여기에 매력까지. 금생의 재능을 거의 총동원했다.

그러자.

"복순아. 언니 말 들어야지?"

"아빠?"

"그래. 복순아. 아빠가 없을 땐 언니 말 들으라고 했잖니."

"응! 복순이 언니 말 잘 들어! 그러니까 아빠도 얼릉 와!"

이건 빙의라고 해야 하나? 내가 하는 것 같지 않은 느낌으로 말이 술술 나왔다.

자연스럽게 김복순 할머니를 딸처럼 생각하는 마음도 들었다.

나이 든 할머니가 아니라 어린 꼬마 아이가 눈앞에 있는 것처럼.

그리고 그런 내 모습에 김복순 할머니도 진짜 아빠를 본 듯한 반응을 보였다.

"어머?"

김복순 할머니의 딸이 이 모습을 보고 신기하다는 듯 봤다.

그건 비단 그분만 그렇게 보는 게 아니었다. 내 일행들도 뒤에서 같은 반응을 보였다.

연기하는 거라고 굳이 얘기해 줄 필요는 없었다.

"복순아. 아빠가 감자 삶아 놓을 테니까 언니랑 가서 잘 놀다 와? 응? 알겠지? 놀다 와서 감자에 소금 찍어 먹자."

"응! 금방 놀다 갈게!"

딸이 아무리 끌고 가려 해도 버티던 할머니가 내 말에는 거의 반사적으로 고개를 끄덕였다.

그리고 딸의 손을 잡더니 얼른 놀러 가자고 되레 보챘다.

"얼른 가자. 언니. 놀다 오면 아빠가 감자 삶아 준대!"

"그, 그래."

이런 모습은 처음인 듯, 당황한 듯하던 딸은 이내 내게 고개를 살짝 끄덕이며 고마움을 표했다.

그리고 김복순 할머니가 또 고집을 부리기 전에 얼른 본인의 차로 향했다.

다행히 혼자 온 건 아닌 듯, 차 주변에 서 있던 다른 가족들이 달려와 할머니를 무사히 데리고 갔다.

'음.'

나는 잠시 그 모습을 보며 고민하다가 이내 그들을 따라갔다.

그리고 금생의 재능은 풀고 김복순 할머니의 딸에게 다가갔다.

"저기."

"아! 네. 정말 고마워요. 원래 엄마가 고집 피우면 진짜 끝도 없는데 덕분에 금방 데리고 왔어요."

"다행이네요. 조심히 가세요. 아, 그리고 나중에라도 좋으니까, 여기 한번 찾아오셔도 좋고요."

"네? 호랑이 쉼터?"

"예. 제가 하는 카페입니다. 제가 계속 있으니까, 오셔서 할머니 걱정 마시고 쉬다 가세요."

"아."

그리고 겸사겸사 김복순 할머니 딸에게 호랑이 쉼터 쿠폰 겸 명함을 건넸다.

아무래도 이것도 일종의 인연이라고 느껴졌기 때문이다. 내가 뭔가 할 수 있는 일이 있으면 해서 이야기했다
그러자 그녀는 잠시 멈춰서 가만히 명함을 바라보다가 이내 고개를 끄덕였다.
"네, 다음번에 꼭 한번 들를게요. 오늘은 정말 고마웠습니다."
"예. 조심히 가세요."
뭔가 영업 아닌 영업을 한 것 같지만, 다행히 받는 쪽에서 호의로 받은 듯했다.
고맙다고 인사를 한 김복순 할머니 일행은 이내 차를 타고 휴게소를 떠났다.
그리고 나도 우리 차로 돌아왔다.
"형님. 존경합니다."
"뭐야. 갑자기."
돌아온 나를 보며 강도윤이 갑작스레 고백처럼 말했다.
애가 왜 이래?
그리고……
"다들 표정들이 왜 그래요?"
"아저씨 방금 완전 멋있어요!"
"할아버지 연기 거의 메소드."
수아와 시아는 물론이고 한송이와 수호도 엄지를 척 했다.
그리고 이선아는.

"이거 각임. 올려도 됨?"

"……되겠냐? 저분들 허락도 안 받고?"

"아. 깝."

아쉽다는 듯했지만 금방 접는 이선아였다.

휴게소에서 있었던 잠깐의 해프닝이 끝나고, 아까 못 먹은 간식을 마저 차에서 먹은 뒤 출발했다.

"이제 선배님이라고 부르겠습니다. 그냥 분위기만 특이한 형님인 줄 알았는데 진정한 연기자이실 줄이야."

"그냥 상황에 맞춘 건데 연기자는 무슨."

"아니에요, 제가 아는데. 그렇게 확 하는 게 생각보다 더 어려워서…… 연기자보다 더 연기자 같았는데요?"

강도윤의 흰소리에 나도 모르게 피식 웃음이 나온다.

그리고 괜히 이상한 분위기가 만들어지기 전에 다른 쪽 이야기를 시작했다.

"아까 보니까 너 팬 많던데?"

"형님이 연기에 뛰어드시는 순간 저는 그냥 새 발의 피가 될 겁니다."

얘가 적당히를 모르네.

"……쓸데없는 소리 말고 주소나 잘 봐. 여기 맞아?"

"예. 맞습니다."

그렇게 강도윤의 부담스런 눈빛을 받으며 숙소로 향했다.

수아가 정하고 이장님이 결제해 준 곳이었다.

정확히 어디라고 듣지는 못했는데, 일단 먼저 가서 짐

을 풀고 바닷가에 가서 놀기로 했다.

'근데 아까 그건 뭐지?'

계속 부담스러운 눈빛을 보내는 강도윤을 무시하며 아까 느꼈던 묘한 감각을 되새겼다.

김복순 할머니의 아빠 연기를 했을 때였다. 금생의 재능들을 거의 풀로 사용했을 때 정말 묘한 느낌을 받았었다.

'재능들이 합쳐진 느낌이었는데. 그렇다고 공명이나 조화 같은 느낌은 또 아니고.'

잘 모르겠다.

일단 운전 중이라 여기서 더 집중할 순 없으니 그건 넣어 두기로 했다.

그리고 곧 숙소에 도착했는데…….

"여기라고?"

"네!"

"아니, 무슨 풀빌라를 빌렸어?"

그것도 바닷가가 바로 보이는 곳에 있는 근사한 숙소였다.

이거 빌리는 데 돈이 꽤 많이 들었을 것 같은데…….

"이장 할아버지가 편하게 놀다 오라던데요?"

"네가 여기 골랐으니까 그러셨겠지."

"아닌데요? 이거 추천은 이장 할아버지가 해 줬는데요?"

"응? 이장님이?"

"네! 아는 분이 하고 있는 곳이랬어요."

아, 그럼 친구분이 하는 곳인가?

일단 입구에 차를 대고 내렸다.

그리고 체크인하려고 하는데, 기다리고 있던 건지 대문처럼 생긴 문이 양쪽으로 열렸다.

"어서 오세요."

열린 문으로 부부로 보이는 중년의 남녀가 우리를 보며 인사했다.

요즘은 내가 먼저 하는 말이라서 이렇게 들으니 뭔가 조금 어색하긴 한데.

"안녕하세요. 여기 오늘 숙박하려고 왔는데요."

"네네. 들었어요. 혹시 그쪽이 천 씨 아저씨 손주분?"

"어? 할아버지를 아시나요?"

"그럼요. 카페도 가 봤는걸요? 그때 무척 도움이 돼서 이렇게 사업도 하고 있죠."

이장님뿐만 아니라 우리 할아버지와도 친분이 있는 주인 내외였다.

친절하게 일행들과 인사를 나눈 두 분은 남자, 여자 숙소를 나눠서 안내를 해 주셨다.

"이거, 말은 들었지만 정말 할아버지랑 닮으셨군요."

"……천호리로 내려온 뒤로 그 말 정말 많이 듣고 있네요."

아닌 게 아니라 마을 분들은 물론 가끔 이렇게 할아버지를 아는 분들을 만나면 늘 하는 얘기였다.

예전에는 이렇게까지 할아버지와 닮았다는 소릴 못 들었던 것 같은데.

혹시 나도 나이를 들어서 할아버지랑 닮아 가나?

'아직 그 정도는 아닌데.'

우리 일행에게야 제일 연장자지만, 사회로 보면 나도 충분히 젊은 축이었다.

그러니 그건 좀 억울한데…….

아무튼.

"숙소가 엄청 좋네요. 근데 지금 한창 예약이 꽉 차지 않았나요?"

"아, 그렇긴 한데. 하하! 그래도 천 씨 아저씨 손주분이면 비워드려야죠. 마침 여긴 아직 가 오픈이에요."

"아아."

가 오픈 기간이라 따로 예약은 안 받고 지인들이나 아는 사람, 혹은 초대만 해서 손님을 받고 있나 보다. 이건 회사 다닐 때 나도 많이 해 봐서 이해가 쉬웠다.

"위치가 좋아서 잘 되실 것 같네요."

"뭐…… 그래야죠. 하하!"

응? 뭐지. 그냥 숙소를 이렇게 빌려줘서 덕담한 건데…….

주인아저씨가 잠깐 주저하다가 이내 아닌 척하며 웃으셨다.

저건 무슨 의미지?

문제가 있다는 건지 뭔지 모르겠다.

"여기에 짐 푸시고, 저녁 시간 때 혹시 불 피우실 거면 미리 얘기해 주시면 됩니다. 그리고 저 화로대도 말씀만 하시면 쓰실 수 있고요. 아, 야외 수영장이랑 실내 수영장 모두 밤에도 쓰실 수 있으니 편하게 쓰세요. 오늘은 여기에 일행분들밖에 안 계십니다."

"감사합니다."

"하하. 그럼 편히 쉬다 가세요."

주인아저씨가 이것저것 설명해 준 뒤 연락처를 알려 주시곤 돌아가셨다.

그 모습을 잠시 보다가 숙소로 눈을 돌렸다.

딱히 문제는 안 보이는데.

주인아저씨의 아우라도 그렇게 나쁜 편은 아니고.

'뭐, 심각한 건 아니겠지.'

일단 짐을 풀기로 했다.

"방도 많네. 하나씩 쓰면 되겠다."

"그러게요. 저 이런 숙소는 처음입니다."

강도윤의 말에 수호도 고개를 끄덕였다.

그것도 격하게.

"전지 훈련할 때 쓰는 숙소가 이랬으면 좋겠네요."

"아."

쟤 곧 훈련 가지?

아마 그 훈련 숙소는 여기보다 훨씬 열악하겠지.

문득 군대 생각이 나서 나도 모르게 수호의 어깨를 토닥여 줬다.

물론 그것도 잠시였다.
"아저씨!! 우아! 여기도 좋다!"
수아가 난입하면서 금방 정신이 없어졌으니까.
얼른 쟤 힘부터 빼게 나가서 놀아야겠다.
운전도 끝났으니, 이제 진짜 휴가였다.
가지고 온 짐은 모두 숙소에 보관하고 바로 앞 바다로 나왔다.
해변에는 사람들이 가득했다.
가족 단위, 커플, 친구 등등.
저마다 휴가를 즐기고 있는 모습에 괜히 나까지 설렌다.
"근데 너희는 다 수영할 줄 알아?"
어른들이야 알아서 할 테고.
수아와 시아, 그리고 수호에게 물었다.
수호는 고개를 끄덕였다. 얘는 뭐, 딱 봐도 웬만한 운동은 다 잘하게 생겼으니 애초에 큰 걱정은 없었고.
수아와 시아는 눈치만 보는 것이 역시 못하는 모양이다.
"둘 다 구명조끼부터 빌리자."
"네! 튜브는요!?"
"그것도 빌리고. 다른 분들은 어떡하실래요?"
노는 것도 좋지만 역시 안전 제일이었다.
생각해 보니 수영을 할 줄 알아도 구명조끼는 일단 다 빌리는 게 나을 것 같았다.
여긴 마을 앞에 있는 냇가가 아니니까.

"자. 가서 놀아. 언니 오빠 곁에서 떨어지지 말고."
"아이참! 우리가 어린앤 줄 알아요?"
"……그럼 뭔데?"
"학생!"
"그래, 학생들. 조심해서 놀아."
수아의 말에 고개를 절레절레 저으며 보냈다.
물놀이 멤버와 해변 광합성 멤버는 놀랍게도 전과 같았다.
"시아, 너도 좀 놀지? 그래도 바다까지 왔는데."
"그거 먹을 거죠?"
"……잘 아는구나."
시아가 카페에서부터 가지고 온 아이스박스를 가리키며 물었다.
역시 시아는 그냥 먹는 걸 좋아하는 애였다.
"이건 이따 쟤들 물놀이하고 오면 먹을 거야. 그러니까 너도 놀다 와. 휴게소에서 잔뜩 먹었잖아."
지금 안 먹을 거라고 하니 시아도 결국 물놀이하러 갔다.
강도윤과 이선아도 바다에서까지 그냥 있기는 아쉬운 듯 나갔다.
빌린 파라솔 아래에 있는 건 이제 나밖에 없었다.
"……이제 좀 쉬겠네."
혼자 모래사장에 남아서 가지고 온 캠핑 의자에 앉았다.

물놀이가 싫은 건 아니었다. 실제로 도시에 살 땐 실내 수영도 했다.

물론 그냥 헬스 같은 운동이 싫어서 한 거긴 한데…….

"……물놀이 안 좋아하는 건 맞는 것 같은데?"

내가 생각해도 그러네.

뭐, 그럴 수도 있는 거지.

바다는 그냥 보고만 있어서 좋아서 더욱 물놀이 생각은 없었다.

끝없이 펼쳐진 동해의 푸른 바다.

그곳에서 사람이 차지하는 부분은 그저 끄트머리의 아주 일부일 뿐이었다.

푸른 하늘과 맞닿은 파란 바다가 시선이 닿는 앞을 전부 덮어 버리는 모습은 그냥 말로 눈을 시원하게 정화시켜 줬다.

산속의 푸름과는 또 다른 느낌의 시원함.

땅이 둥글다는 것을 증명이라도 하는 듯한 광경은 넋을 놓고 보기에 적당했다.

쏴아아~

불어오는 바닷바람에 실린 파도 소리 또한 산속에서 불어오는 바람 소리와 달랐다.

'해변 주변에 카페가 많은 이유가 있단 말이지.'

언젠가 전국 카페의 오픈 추세를 조사한 적이 있다. 물론 회사 일 때문이었다.

그때 알게 됐는데 생각보다 더 많은 카페가 산과 바다

에 있다는 걸 알 수 있었다.

그걸 분석했을 땐 별생각 없었는데…… 호랑이 쉼터를 운영하다 보니 생각의 관점이 조금 변했다.

그만큼 사람들은 점점 자연을 가까이 두고 쉬고 싶은 마음이 커진다는 뜻일까?

어쩌면 빡빡한 도시 안에서의 휴식으로는 더 이상 공간의 안정과 위로를 받지 못하는 걸 수도.

'당장 나부터가 카페인 충전으로 생각해 왔으니.'

호랑이 쉼터로 사람들이 찾아오는 이유도 거기에 있을 거다.

결국 자연에서 나고 자라서 자연으로 돌아가는 게 사람이 아니던가. 자연스럽게 편안한 품을 찾는 것일지도.

누군가의 품처럼.

뭐, 꼭 그게 아니더라도 보고만 있어도 근심 걱정들이 머릿속을 잠시 떠나는 기분이라 좋았다.

사실 아까 휴게소에서 본 할머니 때문에 조금 신경이 쓰였는데…….

그게 좀 희석되는 기분이었다.

'나중에 카페에 한 번 찾아오시면 그때 생각하자.'

할머니도 할머니인데, 그 딸이 꼭 왔으면 좋겠다.

칙칙한 아우라는 그분이 더 심했으니까.

사실상 내가 뭔가를 할 수 있는 건 없었다. 병원의 의사라도 뭔가를 할 수 있는 그런 일이 아니었으니까.

그러니 그저 그 딸이 좀 더 편하게 쉴 수 있게 해 주려는 거였다.

아무튼, 그건 지금 생각하지 않기로 했다.

이렇게 바다에 온 것도 오랜만인데 그런 고민만 하고 있을 순 없지.

여기저기 활기찬 사람들의 모습들이 보였다.

'살아 있는 것 같네.'

저 사람들도 분명 많은 고민을 품고 있을 거다. 하지만 여기선 그 고민을 생각하지 않는 것처럼 보였다.

"아저씨! 아저씨도 들어가요! 수영 못하면 언니가 잡아 준대요!"

물놀이를 하다 말고, 혼자 있는 내가 신경 쓰였는지 밖으로 나온 수아의 말에 이번엔 거절하지 않았다.

해변을 찰랑거리는 바닷물에 발을 담갔다.

동해의 밝은 바닷물이 투명하게 그 속에 들어간 발을 비췄다.

'시원하네.'

물의 온도는 적당했다.

바깥의 따가운 햇볕을 피하기 딱 좋은 온도.

점점 더 안으로 들어가 허벅지까지 들어가니…….

촤아악!

"응?"

어디선가 물보라가 쏟아져서 그대로 뒤집어썼다.

짜디짠 바닷물이 입에도 조금 들어왔다.

"프히히! 누가 그랬게요~?"

"하하!"
수아가 일행들과 함께 서서 나를 보며 웃었다.
범인은 저 중에 하나리라.
어디 보자…… 누가 그랬으려나.
"찾았다."
"엇!? 어떻게 아셨어요?!"
"감이 좋아서요."
끼웅~
사실은 미호가 알려 줬지만.
촤악!
한송이를 향해 물을 듬뿍 떠서 뿌렸다.
물론 그 주변에도 듬뿍듬뿍.
"으아악!"
"공격! 다들 아저씨 공격이요!"
갑작스러운 물 폭탄에 일행들이 흩어졌다.
그 모습에 피식 웃으며 수아를 쫓았다.
"왜 나만 쫓아요!?"
"그냥. 네가 시켰을 것 같아서."
뿌린 건 한송이였지만 수아가 시켰을 게 분명했다.
아니나 다를까.
"어떻게 알았지!? 으아아악!"
수아의 비명이 뿌려지는 바닷물과 함께 부서졌다.
이렇게 말하면 청춘 드라마 배경 같지만, 실상은 물 폭탄 맞은 물미역들이 생성되는 모습일 뿐이었다.

"에퉤퉤! 이야아아!"

수아가 반격이랍시고 허공에 물을 뿌렸다. 하지만 난 이미 더 깊은 바다로 이동했다.

"어디 가요!"

깊은 바다는 무서운지 따라오지 못하고 씩씩거리는 수아의 모습에 피식 웃으며 그대로 바다에 누웠다.

해파리처럼 그렇게 파도에 흔들리며 떠 있었다.

물살은 세차게 흔들리는데 평온한 마음이 깃들었다.

이대로 자라면 잠들 수 있을 정도.

'근데 나 원래 이렇게 수영을 잘했나?'

배우긴 했는데 그게 바다에서 이렇게 여유로울 정도는 아니었던 것 같은데?

그동안 얻은 재능 덕분인가?

아차. 그리고 보니 아까 그건 뭐였지?

금생의 재능들을 한 번에 썼을 때 묘한 감각이 느껴졌는데…….

혹시나 해서 이번엔 목생의 재능들을 한 번 펼쳐 보기로 했다.

손재주, 그림, 목공, 농사, 운동…….

'어?'

또 느껴진다.

몸속에서 느껴지는 기묘한 감각이었다.

하나이되 하나가 아닌.

손에 잡힌 바닷물이 재능에 이끌려 하나의 모양이 만들

어졌다.
 혼자 동떨어진 물속에서 일어난 일이라 다행이었다.
 사람들이 보는 곳에서 이런 짓을 했으면 난리 났을지도.
 '집중하자.'
 다른 건 몰라도 손을 간지럽히는 감각을 놓으면 안 될 것 같았다.
 일단 주변은 신경 끄고 집중했다.
 물속에서 그림이 그려진다.
 그리고 평면의 그림은 이내 깎이고 깎여 조각처럼 만들어졌다.
 무기질의 조각에 손길이 닿자 생명을 얻은 듯 움직였다.
 "아."
 깨달았다.
 이게 진짜 목생의 재능이었던 거다.
 여러 갈래로 나뉘었지만 결국 하나의 재능으로 묶였던 이유이기도 했다.
 목(木)은 하나다.
 뿌리와 줄기와 잎과 열매로 나뉘었을 뿐 모두 하나인 것처럼.
 촤악!!
 바닷물 속에서 만들어진 물의 조각은 이내 부서졌지만, 덕분에 깨달을 수 있었다.
 새로 얻은 재능 합일의 진짜 의미를.

사실 이미 안치혁 가족에게서 얻은 재능은 이미 한 번 시험해 봤었다.

브라우니의 지신밟기 재능을 시험한 뒤에 말이다.

근데 딱히 조화와 다른 점을 느끼지 못했다.

그래서 비슷한 건가 싶었는데…… 아니다. 달랐다.

'방금 그건 뭐였지?'

내가 만들어 낸 물의 조각은 분명 살아 있는 것에 가까웠다.

비록 오래 머물지 못하고 떠났지만. 뭐라고 해야 할까…… 정령이라는 게 있다면 그런 느낌이 아닐까 싶은 존재였다.

"아직은 안 되는 건가?"

다시 한번 시도해 봤다.

이번엔 조각에서 멈췄다.

그리고 온몸의 힘이 쭉 빠졌다.

호랑이 쉼터가 준 능력을 각성한 뒤 처음으로 느끼는 탈력감이었다.

그 이유야 뻔했다.

몸속의 아우라를 쥐어짜듯 소모했으니까.

끼융!

미호가 걱정된다는 듯 머리 위에 올라서서 이쪽을 내려다봤다.

이 녀석도 조금 작아졌다.

그래도 다행히 꼬리는 그대로 두 개였다.

"끄응. 좀 쉬면 돼."

내 말에 미호가 물 밖으로 꺼내려는 듯 머리를 물고 잡아당겼다.

구명조끼를 입고 오길 잘했다.

대충 흐느적거리면서 물가로 움직였다.

'근데 미호도 비슷한 것 같으면서 다른 건가?'

어떻게 보면 미호도 정령 같은 느낌이긴 한데, 아까 내가 만든 것과는 조금 다른 것 같았다.

태생의 느낌이라고 해야 되나?

아무튼 그건 나중에 다시 알아보기로 했다.

지금은…… 쉬는 게 답이었다.

"어? 형님? 괜찮으세요?"

"어어. 괜찮아. 그냥 힘이 좀 빠져서."

비척비척 일어나려는 모습을 봤는지 수호가 달려왔다.

녀석의 손을 붙잡고 일어났다.

근데 좀 부담스럽네. 수호의 뒤로 사람들이 보고 있는 게 느껴졌다.

어딜 가나 잘생긴 녀석인 건 티가 나는구나.

남녀노소 보는 걸 보면 말이다.

고개를 절레절레하며 그 시선에서 나는 벗어났다.

아까 일로 멍했던 정신이 아주 바짝 들었다.

그리고 해변의 자리로 돌아와 아이스박스를 열었다.

뜨거운 시선보다는 지금은 차가운 빙수가 필요했다.

* * *

카페에서 우유를 꽁꽁 얼려서 가져왔다.
우유 빙수를 만들 생각이었으니까.
그것도 생과일이 듬뿍 들어간 빙수 말이다.
요즘 망고 빙수 하나에 10만 원이 넘는 곳도 있다고 들었는데…….
'이 정도면 100만 원 받을 수도 있을 듯?'
그야말로 카페에 있는 과일은 다 가지고 왔다.
"넌 언제 왔어?"
"방금요."
시아가 기다렸다는 듯 옆에 왔다.
이 녀석, 내가 나오기만 기다렸나?
"그럼, 사람들을 다 불러와 줄래? 빙수는 녹으면 못 먹어서 다 같이 먹어야 돼."
"네."
시아가 저렇게 빠르게 움직이는 녀석이었던가? 말이 끝나기 무섭게 달려갔다.
그사이 나는 꽁꽁 언 우유를 빙수로 만들기로 했다.
당연히 그냥 손으로는 못 하고, 도구를 가지고 왔다.
수동 빙수 제조기!
내가 만들었다. 정확히는 원두 그라인더처럼 리폼을 시킨 거다.
원래는 뭐라고 해야 하지, 유치 뽕짝 한 캐릭터가 그려진 플라스틱으로 뒤덮여 있었으니까.

그대로 써도 문제는 없었으나 역시 내 취향은 아니었던지라 나무로 부품들을 바꿨다.

팩째로 얼린 우유 덩어리를 그대로 기계에 넣고 갈기 시작했다.

사각! 사각!

우유 갈리는 소리가 기분 좋게 울렸다.

아무래도 날이 더우니 너무 곱게 갈면 바로 녹을 수가 있어서, 처음엔 조금 굵게 갈았다.

그리고 어느 정도 깔렸을 때 곱게 갈아서 진짜 눈꽃처럼 쌓았다.

나무 그릇에 어느 정도 쌓였다 싶을 때 그 위에 연유와 꿀을 뿌렸다.

그리고 과일을 넣고 다시 우유를 갈아 올렸다.

그 작업을 반복해서 잔뜩 쌓아 올린 빙수가 완성됐다.

마무리는 역시 과일과 연유였다.

"우와아!!"

어느새 자리에 온 일행들의 감탄사는 물론 주변에서도 침 삼키는 소리가 들렸다.

"먹어 볼까요?"

"네!"

카페였으면 조금 나눠 줬겠지만, 이번엔 우선 우리끼리 먼저 먹어야겠지.

바다에서 있었던 일이 잠시 잊힐 정도의 차가운 빙수가

입 속으로 들어왔다.

우유 빙수는 입안에서 살살 녹는 게 진짜 제맛이었다.

물론 그냥 우유를 차갑게 해서 먹는 것하고는 전혀 달랐다. 살얼음이 입 안을 식혀 주는 느낌이 다르다고 해야 하나?

아주 작은 단위로 나눠진 우유는 평소처럼 바디감 있게 덮는 게 아닌, 입안에 살포시 내려앉았으니까.

게다가 사르르 녹는 우유에 연유까지 섞이면 고소한 우유 맛이 더욱 증폭된다.

"으으음~ 맛있어요!"

다들 열심히 물놀이하다가 와서 그런지, 단 게 당길 때였다.

거기다 짠물에서 놀았으니 더욱 단 게 잘 들어갈 수밖에.

'우유만 먹었으면 갈증이 해갈되지 않았겠지만.'

우유 빙수에는 갈증을 해소할 수 있는 과일들이 듬뿍 들어갔다.

청포도, 캠벨포도, 자두, 복숭아 등등.

그뿐인가? 쨈도 시럽 희석해서 뿌렸다. 이건 맛이 없을 수가 없었다.

"여태 먹은 빙수 중에 진짜 제일 맛있는 것 같아요."

"많이 먹어. 더 만들어 줄게."

"예~!"

아이스박스에 빙수 재료를 정말 꽉꽉 채워서 가지고 왔다.

멤버만 보면 사실 그렇게 많이 먹을 것 같지 않지만, 시아도 그렇고 다들 의외로 잘 먹는다.
지난번에 이장님이 소고기를 쏘고 피눈물…… 까진 아니었지만, 그래도 좀 놀랐을 정도니.
그러니 양은 넉넉하게.
물론 빙수는 그때그때 우유를 갈아야 하니까 손은 좀 써야 했다.
사각! 사각!
우유 한 팩을 또 갈았다.
"저도 도와드릴까요?"
"그럴래?"
강도윤이 돕겠다며 나섰다.
우유만 갈면 되니까 어렵지 않으니 그러라고 했다.
그런데…….
"형님. 이거 어떻게 하신 겁니까? 완전 빡센데요?"
"그래? 별로 안 힘들던데."
"무쇠 팔 아니에요?"
강도윤이 엄살을 떤다. 그러자 옆에 있던 수아가 손을 번쩍 들었다.
"저도 해 볼래요!"
"아니, 굳이?"
말리진 않았다.
다 같이 만들면서 먹는 것도 재밌으니까.
근데.

"으아아!"

오 분도 안 돼서 수아는 포기했다.

그것도 얼굴이 시뻘겋게 변해서 말이다.

"이게 그렇게 힘들다고?"

"완전요."

그리고 수아가 저렇게 힘들어하니, 왠지 모르겠지만 다들 한 번씩 해 보려고 했다.

왜지? 힘들다는데 왜 해 보고 싶은 거지?

이해할 수 없지만 말릴 생각은 없었다.

"아, 수호 넌 안 돼."

"네? 왜요?"

"넌 운동선수잖아. 어깨 다치면 안 되니까 안 돼."

수호는 제외시켰다. 그리고 한송이도 마찬가지.

"작가님은 그림 그리셔야죠."

"그래도 해 보고 싶은데……."

이선아에게 넘겼다.

"나도 손 씀."

"아. 게임?"

그러네. 게임도 엄연히 손을 예민하게 쓰는 일이었다. 10대 때 전성기가 올 수도 있는 피지컬의 영역이니.

결국 다시 내 품으로 빙수 제조기가 돌아왔다.

근데 이제 딱히 더 만들 필요는 없을 듯했다. 다들 어느 정도 만족을 한 눈치였으니까.

나도 더 만들 이유가 없었다.

사실 이걸로 합일 재능을 시험해 보려고 했는데 그럴 필요가 없어졌으니까.

아까 바다에서 깨달은 게 맞았다면 합일의 재능은 단순히 재능을 합쳐서 불어 넣는 게 아니었다.

좀 더 근원적인 재능이 분명했다.

'아우라도 조금 채워졌으니.'

빙수를 먹고 만족한 일행들로부터 아까 소모됐던 아우라를 조금 채웠다.

게다가 뒤에서는 미호가 몰래 과일을 조금씩 먹고 있어서, 이걸로도 회복됐다.

미호는 그게 가능했으니까.

그나저나 미호와 브라우니의 존재는 뭘까? 그러고 보면 봉봉이도 좀 특이했지.

그냥 꿀벌이라고는 생각하지 않았지만, 그래도 어쨌든 브라우니와 미호처럼 실체가 없는 건 아니니 크게 신경 쓰지 않았는데…….

'너희는 정령 같은 존재야?'

끼융?

열심히 포도를 먹던 미호가 무슨 말이냐는 듯 고개를 갸우뚱했다.

'아냐. 계속 먹어.'

끼융~

괜히 먹는 걸 방해해서 미안하다고 말하며, 하던 걸 계속하라고 했다.

사실 얘들이 뭔지 중요한 건 아니니까.

어차피 안다고 해도 내가 아는 상식, 그러니까 이 세상의 상식과는 벗어난 존재들일 것이다.

그러니 당장 녀석들에게 존재의 정의를 묻는 건 의미가 없었다.

그저 있는 것만으로도 감사한 녀석들이기도 했고.

'그건 나중에 차차 알아보자. 지금은 무리인 것 같으니까.'

한 번에 아우라가 쑥 빠져나가는 일이다. 당장은 힘들었다.

하지만 터의 관리와 마찬가지로 결국 언젠가는 될 것 같았다.

"저기, 혹시 그 빙수 저희한테도 좀 팔면 안 되겠습까?"
"예?"
"너무 맛있어 보이지 말입니다!"

그렇게 생각을 접고 쉬려는데 누군가 다가왔다.

건장한 체격에 웃통을 깐 남자였다. 뒤에 보니 친구들인지 일행들인지 20대 초반으로 보이는 남녀가 지켜보고 있었다.

"팔 수는 없는데······."
"제가 군인인데 잠깐 휴가 나왔습니다. 내일 복귀인데 제발 어떻게 좀 안 되겠습까?"
"······군인이세요?"

그러고 보니 머리를 빡빡 밀긴 했네. 나이대도 딱 군인 같고.
 그렇다면 그냥 매정하게 할 순 없지.
 "예!"
 "음…… 그럼, 여기 남은 걸로 만들어 드시는 건 괜찮아요. 재료는 여기 다 있고."
 식품은 원래 쉽게 사고팔 수가 없다. 그러나 남은 걸 줄 수는 있었다.
 빙수 제조기로 만들어서 알아서 먹으라고 했다.
 토핑도 깔끔하게 정리해 뒀으니 문제는 없었다.
 일행들은 이미 다 먹었고.
 "감사합니다!"
 허리까지 꾸벅 숙여서 인사하는 모습에 웃을 뻔했지만 참았다.
 왜냐면 방금 인사를 어떻게 해야 할지 버벅거리다가 저렇게 인사를 했으니까.
 습관적으로 손이 위로 올라간 걸 보면, 경례를 하려고 했던 것 같은데…….
 '고생이네.'
 한창 친구들하고 저렇게 놀고 또 경험할 시기였다.
 그게 내일이면 또 할 수 없게 된다니.
 "듬뿍듬뿍 퍼 가세요. 일행도 많아 보이시는데."
 "예? 아, 예! 감사함다!"
 열심히 빙수 제조기를 돌리던 젊은 군인이 또 고개를 꾸벅 숙였다.

인사성이 참 밝네.

그렇게 한 그릇 가득 빙수를 만들어서 일행들에게 간 군인은 오늘 하루 그들에게 영웅이 될 듯했다.

샤라랑~

아우라가 이렇게 피어오르는 걸 보면 말이다.

이렇게 아우라를 채울 생각은 없었는데…… 물론 거절할 생각도 없었다.

'좋네. 오길 잘했어.'

생각해 보니 벌써 아우라를 두 번 받았다.

우리 일행들에게 받은 건 제외하고도 말이다.

휴게소에서 한 번, 여기서 한 번.

뿌듯하…… 네?

잠깐, 나 분명 지금 휴가인데 일을 하고 있는 기분이지 왜?

기분이 좋긴 한데, 뭔가 좀 애매한 것 같기도?

* * *

낮에 바다에서 실컷 놀고 숙소로 들어와서는 씻고 조금 쉬었다.

나는 아우라를 많이 써서, 일행들은 물놀이를 너무 열심히 해서.

다들 씻고 나니 노곤노곤해져서 낮잠을 자기도 했다.

"으음."

그렇게 자고 일어났음에도 아직 해는 지지 않은 게 여름 낮잠의 가장 큰 묘미가 아닐까?

그 특유의 나른하고 먹먹하면서 고요한 느낌이 찾아왔다.

물론 그것도 잠시였지만.

풍덩!!

어디서 물소리가 났다.

어딘고 하니, 숙소에 있는 수영장 쪽이었다.

"또 놀아?"

"당연하죠!"

소리를 따라 나와 보니 수아와 수호가 놀고 있었다.

쟤들은 체력이 얼마나 되는 거지.

수호야 운동선수니 그렇다 치는데, 수아는 정말 미스테리 하다.

고개를 절레절레 저으며 수영장 옆에 있는 벤치에 앉았다.

"다른 사람들은?"

"언니들은 다 자요. 시아도."

음, 그래. 그게 정상이긴 하지.

그렇게 놀았으니, 피곤한 게 당연했다.

나도 아직 멍한 상태로 수아와 수호가 하고 있는 걸 구경했다.

"어푸! 어푸!"

"근데 뭐 하는 거야? 수영?"

"네! 오빠한테 배우고 있어요!"
"그러냐."
바다나 냇가에선 아무래도 배우기 힘들긴 하지.
남매가 사이좋게 저러고 있는 모습을 보니 조금 부럽기도 했다.
"으으! 배불러. 그, 그만할래."
"응. 아니야. 한 바퀴 더. 어푸어푸할 때 푸! 에 자꾸 고개를 넣지 말라고."
아. 남매의 사이좋은 수영 강습이 아니라 훈련이었어?
수호 녀석, 동생을 아주 강하게 키웠다. 그래서 체력이 저렇게 좋은 걸 수도.
"둘 다 배는 안 고파? 아, 수아는 배부르구나."
"배고파요! 엄청 배고파! 아저씨! 나 물 그만 먹고 싶어요!"
필사적인 수아의 말에 피식 웃음이 새어 나왔다.
슬슬 저녁때가 되긴 했다.
이렇게 놀러 왔을 때, 가장 기다려지는 시간은 역시 저녁 시간이 아닐까.
으으!
기가 막히게 좀비처럼 자고 있던 사람들도 하나둘 밖으로 나왔다.
'저녁때 얘기하라고 했던가?'
아까 숙소 안내받으면서 그랬다.
불을 쓸 거면 미리 얘기를 해 달라고.

당연히 바비큐를 할 거기 때문에 그 부분에 대해서는 알려드렸다.

"저녁 메뉴는 조개구이에, 찜, 그리고 물회 어때?"

"좋아요! 완전 좋아요!"

다들 찬성했다.

그럼, 두 팀으로 나눠서 한 팀은 조개와 물회를 사 오기로 했고. 나머지 한 팀은 근처 마트에서 같이 먹을 채소나 나중에 밤에 먹을 간식을 사 오기로 했다.

그리고 나는 숙소 주인 내외에게 다녀오기로 했다.

"자! 그럼 이따 다들 여기서 봅시다."

일행들이 나눠지고, 숙소 사장님께 연락했다.

"안녕하세요, 사장님. 저희 천호리에서 온 사람들인데요."

─아~ 예. 뭐 필요한 거 있으십니까?

"저녁에 불 좀 쓰려고요."

─예예. 그럼 언제까지 준비해 드릴까요?

"음, 1시간 뒤에 가능할까요?"

─그럼요~ 바로 준비해 드리겠습니다.

"예. 감사합니다."

─예예. 아 참! 혹시 숙소에서 이상한 소리가 들리거나 그런 건 없지요?

"예? 이상한 소리요?"

─아, 아닙니다. 하하! 그럼 금방 준비해 드리겠습니다.

사장님이 급히 전화를 끊었다.

뭐지? 이상한 소리? 딱히 들은 적은 없었다.

아, 혹시 아직 공사 중인 건가?

가오픈 중이라서 어수선한 느낌이 있긴 했다. 그것 때문에 그런 걸 수도.

별거 아닌 것 같아서 금방 잊었다.

그리고 1시간 뒤.

"와아! 맛있겠다!"

"아직 생물이야."

"그래도요!"

물회와 조개를 사러 갔던 일행들과 마트에 갔던 일행들이 모였다.

아직 숯불은 없어서 세팅만 했다.

먼저 조개부터 구워 먹기 좋게 꺼냈다. 커다란 키조개부터 넓적한 가리비까지.

'초장, 치즈 다 사 왔네.'

사 오라는 건 다 사 왔다.

물론 사 오라고 하지 않은 것도 보였다.

"새우는 뭐야?"

"구워 먹게요!"

당당하게 말하니 뭐 딱히 할 말은 없었다.

내 돈도 아니고 말이지.

이장님 카드를 들고 간 건 이선아와 수아, 그리고 강도윤이었다.

그쪽이 비싼 걸 사 왔으니 나야 좋았다. 내 카드는 마트 쪽이었으니까.

 물론 그렇다고 마트 쪽이 덜 사 왔다는 말은 또 아니었다.

 "마시멜로?"

 "불에 구워 먹으면 맛있어요."

 "……그래."

 이쪽은 먹보 시아가 있었으니까.

 마음껏 사라고 한 거에 비해서는 많이 안 산 걸 다행으로 생각해야 하나?

 띵동~!

 "왔나 보다."

 마침 초인공이 울렸다.

 독채 스타일의 펜션이라서 대문을 열어 주니 사장님이 뭔가 잔뜩 들고 들어오셨다.

 "어이쿠! 이것 좀 들어 주실래요?"

 "예? 아, 예."

 "웃차! 이건 문어 초회인데 맛 좀 보라고 조금 들고 왔어요."

 얼떨결에 받은 하얀 스티로폼 아이스박스에는 문어 초회가 들었단다.

 사장님은 그렇게 짐을 하나 맡기곤 안으로 들어가서 나머지 짐을 내려다봤다.

 장작과 숯이었다.

 "이거 아주 좋은 참숯인데 여기 둘 테니까 마음껏 써

요. 혹시 부족하면 더 달라고 하고. 불이 오래가서 부족할 일은 없긴 할 거예요."

"감사합니다. 아, 이것도 잘 먹을게요."

"하하! 뭘요. 그럼 재밌게들 노세요."

사장님은 쿨하게 인사를 하고 다시 나가려고 하셨다.

음식이라도 좀 준비했으면 드리는 건데…….

그때 갑자기 휙 돌더니.

"아 참! 그 혹시 밤에…… 물은 안 쓰는 게 좋아요. 혹시 모르니까."

"예. 그럴게요."

사장님이 나가기 전에 말하셨다.

당연히 늦은 밤에 물속은 위험하니, 걱정하는 것처럼 주의는 할 거다.

어차피 밤늦게까지 수영장에서 놀 체력들도 없겠지만.

'근데, 그보다 사장님 아우라가…… 안 좋네?'

우리 걱정보다 사장님을 더 걱정해야 될 것 같은데?

4장

사장님이 나갔기 때문에 더 살펴볼 순 없었다.
물론, 이미 텍스트창은 다 보기도 했고,

[도명철]
*상태
─불면
─쇠약

이 정도여서. 안 좋긴 한데 붙잡고 살펴봐야 할 정도도 아니었다.
 저 정도야 현대인에게 볼 수 있는 흔한 상태라고도 할 수 있으니까.

이렇게 말하면 조금 슬프긴 하지만 현실이니까.

사회생활을 하는 사람 중에 이 정도는 흔했다. 실제로 휴게소에서도, 바닷가에서도 보였다.

그럼에도 신경이 조금 쓰이는 건 이것 말고 아우라도 보였기 때문이다.

'좀 더 칙칙하긴 했지.'

평범한 사람들보단 칙칙함이 더 진했다. 낮에만 해도 이 정도는 아니었던 것 같은데…….

"아저씨! 얼른! 얼른 구워요!"

"기다려 봐. 가리비부터 먹자."

"네!"

불이 피우고 기다리고 있던 수아가 보챘다. 비단 수아뿐만이 아니라 다들 기다리고 있었다.

일단 사장님은 나중에 더 알아보고, 배부터 채우기로 했다.

나도 조금 허기가 졌다.

사실 밥이라고는 휴게소에서의 간식과 해변에서 먹은 빙수가 다였다.

칼로리는 채워졌을지언정 포만감은 금방 꺼졌다.

화로대 속 빨갛게 달아오른 숯불 위로 철망을 깔고 그 위에 가리비를 통째로 던졌다.

"다들 치즈랑 초장 준비들 해."

"네에!"

불꽃으로 감싸진 가리비가 금세 껍데기를 벌렸다.

장갑을 낀 손으로 빠르게 그 껍데기를 위쪽만 뜯어냈다.
보글! 보글!
가리비에서 나온 수분이 뽀얗고 통통한 속살을 익히고 있었다.
"지금!"
손짓을 하자 치즈와 초장을 가지고 있던 이들이 가리비 위로 솔솔 뿌렸다.
모차렐라 치즈가 금세 녹아서 가리비의 육즙과 뒤섞였고 일부는 빨간 초장이 맛있게 졸아들었다.
거기에 잘게 썬 양파까지 넣으면…….
"와인도 넣을까요?"
응? 그건 생각 못했는데 아주 좋은 생각이었다.
"좋죠. 화이트 와인을 조금만 넣어 볼래요?"
"네~"
한송이가 들고 왔다는 화이트 와인이 치즈가 들어간 가리비 중 몇 개로 들어갔다.
얼마 넣지 않았기 때문에 알콜은 금방 다 날아가고 와인의 풍미와 단맛만 남았을 거라 애들이 먹어도 될 듯했다.
"아저씨! 먹어도 돼요!?"
"될 것 같은데? 잠깐만."
조개류는 오래 구우면 질겨진다.
물론 그렇다고 회로 먹으면 여름엔 탈이 날 수 있으니…….

하나 건져서 통통한 관자 부분만 집게로 떼어 봤다.

똑! 하는 것도 없이 그냥 원래 분리가 되었던 것처럼 떨어졌다.

"먹어도 되겠다. 다들 조심해서 먹어요. 자, 수아랑 시아는 이거 먹고."

애들에게 치즈가 들어간 것 두 개 꺼내서 먼저 주고, 나머지는 알아서 먹으라고 했다.

그리고 나도 초장이 들어간 가리비를 하나 꺼내서 먹어 봤다.

김이 모락모락 나는 뜨거운 상태였지만 이건 또 이렇게 먹어야 제맛이지.

적당히 졸아든 육즙과 초장에 묻혀서 한입 호록 먹으면…….

"우와!! 녹는다! 아저씨 가리비가 녹았어요!"

수아의 말처럼 순식간에 씹을 것도 없이 부드럽게 분해가 됐다.

딱 잘 익었을 때만 느낄 수 있는 극강의 부드러움이었다.

거기에 육즙에서 나온 조개 특유의 감칠맛과 짠맛, 그리고 초장의 매콤달콤함까지 더해지니.

"와! 이거 진짜 너무 맛있는데요?!"

먹는 것에 크게 관심 없는 한송이도 저렇게 표현할 정도로 맛있었다.

아마 지금 느끼고 있는 맛에 이곳의 분위기도 한몫할

거다.

펜션 마당에 화로대에 불을 피워 놓고 구워 먹는 조개구이.

옆에는 실외 수영장이 있고 마당 너머로는 바닷소리가 들렸다.

그리고 그 위로는 이제 지기 시작한 노을이 하늘을 물들이고 있었다.

이보다 더 완벽한 휴가가 있을까.

"아저씨. 이것도 먹어 봐요. 완전 크림 맛이에요!"

"응?"

잠시 가리비와 함께 즐기는 풍경을 감상하고 있는데 입 앞으로 불쑥 가리비 살이 다가왔다.

수아가 건넨 거였다.

치즈가 쭉 늘어져 있어서 맛있어 보이는 상태.

개인적으로는 초장파지만…….

"음?"

"맛있죠?"

"그러게. 진짜 크림 맛이 나네. 와인 때문인가?"

양파와 와인이 졸여지면서 풍미와 단맛을 올린 덕분에, 치즈와 가리비의 육즙이 섞여서 크림소스 같은 맛을 냈다.

이것도 별미인데?

"더 구워 주세요~!"

"벌써 다 먹었어?"

"네! 그게 마지막인데요?"
"아아."
그래서 나를 줬구나. 딴 데 정신이 팔려서 맛도 못 볼까 봐.
마음이 고마우니 얼른 더 굽기로 했다.
이번엔 가리비 말고 키조개도 구웠다. 옆에는 새우까지.
비주얼부터 남다른 키조개는 반으로 잘라서 가리비와 같이 이것저것 넣었다.
"와! 엄청 커요!"
수아 말대로 키조개 관자는 너무 커서 주사위 모양으로 잘랐다.
가리비 보다는 식감이 조금 더 터프하기 때문에, 오래 익히면 안 된다.
그렇게 또 조개구이가 한판 구워지고, 새우까지 이어졌다.
"물회랑 여기 사장님이 주신 문어 초회도 먹자."
"우아!"
제대로 된 식도락은 역시 끊기지 않고 계속 먹는 거지.
다들 배 통통하게 부를 때까지 숯불은 꺼지지 않았다.

* * *

한바탕 먹자판이 끝나고, 다들 나른하게 장작불을 사이

에 두고 앉았다.

어느새 해는 졌다. 마당에 설치된 은은한 조명과 장작불만이 어둠을 밝히고 있었다.

찰랑~ 찰랑~

수아와 몇몇이 실외 수영장에 발만 담구고 물장구를 쳤다.

들어가서 놀기엔 피곤하고 그렇다고 그냥 눕기엔 아쉽고.

"저 이런 건 처음이에요."

"그래요?"

"사장님은 해 봤어요? 아, 혹시 엠티 같은 건 이런 건가요?"

"엠티 안 가 보셨어요?"

"네. 그땐 그런 거 안 좋아하기도 하고 또 일도 하고 있었거든요."

장작불을 멍하니 보던 한송이가 말했다.

이 사람은 전에도 느꼈지만, 생각보다 일찍 일을 시작해서 그런지 안 해 본 게 정말 많았다.

그래서일까? 호기심이 장난 아니다.

물론 저건 성향 탓 있는 것 같지만.

"엠티는 이렇지 않아요."

"그래요?"

엠티에서 이런 평화는 없다.

술과 함께 일어날 수 있는 일이란 일은 다 일어나는 대환장 파티가 엠티니까.
 그건 대학교 때나 직장인이 돼서 간 워크샵이나 비슷했다.
 물론 이것도 다 다르긴 할 거다.
 어떤 대학교에서는 정말 건전하고 유익한 엠티를 할 수도 있었다.
 또 회사도 마찬가지.
 워크샵이 곧 업무 평가를 위한 자리여서 엄청 빡센 곳도 있다고 들었다.
 거기서 공부를 한다고 했던가? 시험을 친다고 했던가?
 안타까운 건지, 다행인 건지 내 경우는 둘 다 아니었다. 흔히 생각하는 그런 경험들만 있었다.
 "그래도 재밌긴 했을 것 같아요."
 "뭐, 그땐 그랬죠."
 그 시절에만 할 수 있는 것을 해 보지 못한 것에 대한 아쉬움은, 한송이처럼 일찌감치 성공한 사람도 하는 모양이다.
 "근데 사장님, 대학생 땐 어땠어요?"
 "저요? 뭐, 별거 없었죠."
 "회사 다닐 땐요?"
 "그때도……."
 추억할 만한 특별한 일은 잘 기억나지 않는다.
 그래서 최근의 생활이 기억에 잘 남는 건가?
 "아참. 신작은 어떤 장르라고 했죠? 전에 연재 했던 거랑은 다른 가요?"

재미없는 내 얘기 말고 한송이 얘기를 들어 보기로 했다.

드라마도 된 도깨비 호텔의 차기작은 나도 좀 궁금했으니까.

"음~ 힐링? 아마도 그렇게 될 것 같아요."

"좋네요. 힐링."

"근데 고민이 좀 있긴 해요."

"고민이요? 막히는 부분이 있는 건가요?"

"아뇨. 그거 말고요."

그게 아니면 뭐가 고민이라는 거지?

"사장님 왜 저한테는 말 안 놓으세요?"

"예? 아. 그야…… 딱히 이유가 있진 않은데요."

"그럼 그냥 편하게 말해 주세요. 이제 그래도 좀 친해졌잖아요."

안 될 거야 없었다. 오히려 나야 좋지.

"그러지, 뭐."

"아싸!"

편하게 말하는 게 저렇게 좋아할 일인지 모르겠네.

좋아하니 다행이긴 했다.

잘 나가는 웹툰 작가님이랑 이런 친분이라니.

'신기하긴 신기해.'

지금 이렇게 여기 사람들과 이러고 있다는 것도 그렇고, 삶이 완전 달라졌다.

"언니, 언니~ 우리 무서운 얘기 해 줘요!"
"응? 무서운 얘기?"
"네!"
수영장 쪽에 있던 일행들도 어느새 장작불 주변으로 다시 모였다.

그리고 간단한 간식들을 먹으면서 수다를 떨기 시작했다.

주제는 한 여름 밤에 어울리는 무서운 이야기였다.

먼저 운을 뗀 건 이선아였다.

실화라면서 이야기를 전개 시킨 이선아의 이야기 결론은…….

"엄청 큰 그림자가 화장실 앞에 딱! 있었는데 알고 보니까 나방이었음."

"에이~ 그게 뭐예요."

"그땐 진짜 무섭."

시골의 흔한 벌레 공포로는 시골 소녀를 만족시키지 못했다.

그리고 다음에 바통을 받은 건 한송이였다.

과연, 웹툰 작가답게 안정적으로 시작했다.

"이건 어느 망한 양반댁에 버려진 우물 이야기인데……."

순식간에 일행들이 다 몰입했다.

그 모습에 잠시 픽! 웃다가 그들 사이에서 살짝 떨어져 고개를 들어 하늘을 봤다.

어두워진 하늘에 별빛이 반짝거렸다.

장작불과 조명 탓에 별이 엄청 많이 보이진 않았다. 하지만 그래도 저 멀리 바닷가 쪽으로 시선을 하면 꽤 잘 보였다.

 시골에 살면서도 이렇게 하늘을 올려다보는 일은 많지 않아서, 그것만으로도 충분했다.

 그렇게 한참을 보고 있으니 옆에서 비명 소리가 들린다.

 한송이의 이야기가 제법 무서웠던 모양.

 그 뒤로도 수다는 계속 이어졌다.

 그러다 어느 순간.

 '응?'

 조용해졌다.

 고개를 내려 옆을 보니…….

 고롱~ 고롱~

 "응?"

 잔다.

 언제부턴지 모르겠지만 한송이가 의자에서 꾸벅꾸벅 졸고 있었다.

 그리고 다른 이들이라고 해서 다르진 않았다.

 다들 의자에 기대서 자고 있었다.

 "쟤는 저 와중에 찍고 있었네."

 이선아의 카메라가 켜져 있는 걸 보고 고개를 저으며 다가가 손수 꺼 줬다.

 그리고 담요를 꺼내와 하나씩 덮어 줬다.

"우읍."

수아가 새우처럼 몸을 말며 담요를 덮었다.

잘 때는 참 조용하네.

그렇게 하나씩 다 덮어 주고 다시 내 자리로 돌아왔다.

장작 몇 개 더 넣고 하늘을 더 구경해 볼까 하다가 말았다.

나도 조금 졸음이 오는 듯했다.

여름이라 여기서 잠깐 자는 건 괜찮지만, 그래도 들어가지 않으면 감기에 걸릴 수도 있다.

그래서 밀려오는 수마를 간신히 참았다. 나까지 자면 깨워 줄 사람이 없으니까.

잠을 조금 참고, 일행들만 여기서 조금 재우다가 일어나서 정리하는 편이 낫겠다.

그런데.

똑! 똑!

다들 잠들어서 숨소리와 장작이 타는 소리만 나는 고요한 가운데…… 어디선가 들리는 물 떨어지는 소리가 났다.

'실외 수영장에는 아무도 안 들어갔는데?'

혹시나 해서 둘러봤지만 물소리가 이렇게 날만 한 곳은 없었다.

바다의 파도 소리도 당연히 아니었다.

그러기엔 너무 물방울이 떨어져서 울리는 소리였다.

마치 꼭 동굴에서 울리는 것처럼 말이다.

묘하게 이상해서 몰려오던 잠이 다 달아날 정도였다.

"뭐지?"

자리에서 일어나 다시 한번 둘러봤다.

똑~!

또 들렸다.

'어디야?'

표적 탐지를 사용해 물소리를 특정했다. 그러자 숙소 뒤편으로 알려 줬다.

저기서 나는 소리가 여기까지 들렸다고?

"으으으. 추오오……."

수아가 잠꼬대를 했다.

근데 수아뿐만이 아니라 다들 새우처럼 몸을 말고 떠는 것 같았다.

아까 말했듯, 이젠 밤에도 잠깐은 괜찮을 정도로 더운 날씨에다 담요까지 덮어 줬으니 춥진 않을 텐데……?

앞에는 장작불도 있었다.

'뭐지?'

뭔지 몰라도 추워하는 것 같으니, 다들 바로 깨워서 안으로 들여보내야 하나 싶던 그때.

끼융.

미호가 조심스럽게 다가와 내 옆에 붙었다. 그건 마치 뭔가에 겁을 먹은 모습이었다.

그리고 그런 미호가 바라보는 쪽은 내가 표적 탐지로 물소리를 찾았던 숙소 뒤편이었다.

더 자세히 살펴본 그곳에서 아우라가 일렁거렸다.

* * *

뚝뚝 떨어지는 물소리를 따라 숙소 뒤편으로 향했다.
무섭거나 그러진 않았다. 그냥 궁금했다.
저기 일렁거리는 아우라는 뭘까? 왜 여기에 저런 게 있는 걸까?
주인분들한테 따로 들은 얘기는 없었다.
다만 갑자기 아까 봤던 사장님의 상태가 머릿속을 스쳐 지나갔다.
혹시 그거랑 상관이 있을까?
그건 모르겠다.
'일단 가 보자.'
조심스럽게, 그리고 천천히 다가갔다.
똑! 똑!
소리가 점점 가까워지는 게 느껴졌다. 그리고 동시에 이 소리는 진짜 소리가 아니라는 것도.
머릿속을 울리는 소리라고 해야 할까?
보다 정확한 건 아우라들이 내는 소리가 맞겠지.
일단 귀신은 아니다.
"……아닌 거 맞겠지?"
숙소 뒤편으로 가니 자갈이 깔린 작은 마당이 있었고 그 가운데에는 편백 나무로 만들어진 작은 자쿠지가 보였다.
 담장이 대나무로 둘러싸여 있는 프라이빗한 공간이었다.
 아마 여기서 가볍게 야외 온천 느낌으로 쉴 수 있게 만들어 둔 것 같았다.
 조명이 꺼져서 그렇지, 바닥에도 설치해 둔 걸 보면 켜졌을 때 제법 운치가 있을 듯했다.
 그런데.
 '이런 게 있다고는 얘기 안 하셨는데…….'
 수아도 따로 얘기를 안 했으니 모르는 것 같고.
 나도, 다른 사람들도 바다에서 놀다가 와서는 피곤했기 때문에 제대로 둘러보지 않아서 있는 줄 몰랐던 것 같다.
 주변을 보니 아직 완전히 공사가 끝난 건 아니었다.
 그래서 사장님도 얘기를 안 해 준 건가?
 뭐, 그거야 그럴 수도 있었다.
 근데 지금 그게 문제가 아니었다.
 쓰지 않는 자쿠지 안에 왜 물이 고여 있는 걸까.
 똑! 똑!
 심지어 물소리는 자쿠지에서 났다.
 여기까지만 보면 물소리의 정체는 그냥 자쿠지 공사가 잘못돼서 물이 새며 난 소리같을 수 있는데…….
 '아우라는 뭐지?'
 그 위로 아우라가 일렁거리면 또 얘기가 달라진다.
 물색을 닮은 푸른 아우라였다.

그건 허공에서 뭉쳤다가 흩어졌다가를 반복하고 있었다.

그러다가 몇 방울의 물이 떨어져 자쿠지에 모였고 소리를 낸 것이다.

소리와 물이 고여 있는 원인은 찾았다.

그렇다면 저건 뭘까? 마치 살아 있는 듯한 아우라였다.

낮에 내가 시도하다가 실패한 합일의 모습과 비슷한 것 같기도 했다.

'그걸 봐서 그렇게 느끼는 건가?'

그럼 저건…… 정령 같은 건가?

미호나 브라우니와 같은 존재일 수도 있겠다는 생각이 들었다.

근데 그 형태가 일정하지는 않은?

아차, 계속 이러고 있을 때가 아니지.

"저기."

혹시나 대화가 되는 건지 싶어서 말을 걸어 봤다.

당연하지만 물방울? 물 덩어리? 는 말이 없었다. 그저 물소리만 냈다.

'대화는 안 되는 건가?'

봉봉이를 남긴 여왕벌과는 대화가 됐는데 이쪽은 미호나 브라우니 쪽일지도.

아니면…… 여기가 호랑이 쉼터가 아니라서?

"혹시 쉴 곳이 필요하면 여기로 오실래요?"

밑져야 본전인 느낌으로 쿠폰 겸 명함을 꺼냈다.

나도 하면서 순간 이게 뭐 하는 짓인지 싶다. 지금 저런 광경을 보면서 쿠폰과 명함이라니?

 당연하게도 별다른 반응은 없었다.

 민망하게 다시 손을 거두려는데, 문득 그런 생각이 들었다.

 사람도 언어가 다르면 대화가 안 되는데 하물며 저쪽은 정체가 뭔지도 모르는 존재였다.

 그에 맞는 언어가 필요하지 않을까?

 그리고 그건 왠지 내가 가지고 있는 재능으로 가능할 것 같았다.

 '목생의 재능.'

 바다에서 했던 그 합일의 과정을 돌이켜 보며 다시 시도했다.

 실패했던 거지만…… 느낌이 그랬다.

 샤라랑~

 손끝에서 시작된 목생의 재능들의 합일. 그에 맞춰 아우라들이 움직였다.

 그리고 자쿠지 위로 보이는 물의 아우라와 비슷한 모습을 만들었다.

 여기까진 바다에서 했던 것과 같았다.

 아마 더하면 아우라가 급격히 소모되면서 탈력감이 느껴지겠지.

 그러니 그 전에 뭔가 해야 했다.

 '쿠폰.'

터의 주인이라는 능력을 일깨워 준, 이것만큼 확실한 의미를 담은 게 생각나지 않았다.

의지를 쿠폰에 담았다.

그러자 목생의 합일로 이뤄진 아우라가 쿠폰을 감쌌다.

동시에 탈력감이 찾아온다. 일단 지금 내가 할 수 있는 건 다 했는데…….

"어?"

힘겹게 앞을 보니 자쿠지에 떠올라 있던 아우라가 내 쪽으로 점점 다가오고 있었다.

그런데 다가올수록 그저 덩어리였던 아우라가 점점 하나의 모양을 갖춰가고 있었다.

작은 사람? 아이?

정확히 정의 할 수 없는 모습의 아우라가 손을 뻗었다.

그리고 내 손에 쥐여진 쿠폰을 잡는 순간!

촤아악!

마치 물속에 빠진 듯 온몸을 휩쓸고 지나가는 물살과 함께 아우라가 사라졌다.

* * *

찰싹! 찰싹!

으음. 왜 이렇게 볼이 따갑지?

"아저씨. 왜 여기서 자고 있어요?"

눈을 뜨니 동그란 눈동자와 마주쳤다.
수아였다.
뭐지?
주변을 돌아봤다. 낯익은 집안 풍경이 아니라 낯선 풍경이 보인다.
대나무로 둘러싸인 자갈 마당?
'아.'
어제 놀러 왔지.
여긴 어제 물소리를 듣고 나 혼자 왔던 뒷마당이고.
지금은…… 아침인가? 아직 새벽 같기도 했다.
"왜 여기에서 자고 있었어요?"
수아의 말에 일단 일어났다.
그리고 내가 왜 여기 자고 있었는지 한 번 떠올려 봤다.
'어제 물소리 따라와서 아우라를 봤고, 쿠폰을 건네준 다음…….'
아우라가 크게 소모되면서 탈력감과 함께 쓰러져 그대로 잔 것 같았다.
날이 따뜻해서 깨지도 않고 쭉 잔 건가.
"다들 일어났어?"
"네. 아까부터 아저씨 찾고 있었어요."
"그래?"
혼자 없어져서 다들 찾았나 보다.
괜히 걱정을 시킨 것 같아서 얼른 수아와 함께 일행들

이 있는 곳으로 가서 생존 신고했다.

"숙소 구경하다가 거기서 깜빡 잠들었나 봐."

"다행이네요. 깜짝 놀랐어요."

한송이의 말에 모인 사람들에게 사과를 했다.

다들 잠결에 찾아다닌 듯 정신이 없어 보였다.

어제 그대로 마당에서 잠들었던 건가? 내가 깨우지 않았으니 아무래도 그런 듯했다.

"일단 다들 숙소에 들어가서 더 자고 일어날까?"

"네에……."

나 찾아다니느라고 잠이 좀 깬 듯하지만, 들어가서 자자고 하니 다들 동의했다.

시간을 보니 확실히 아직 새벽이니 충분히 더 잘 수 있을 듯했다.

오늘은 늦게 일어나도 되기도 하고.

"사장님이 오후 늦게 퇴실해도 된다니까 푹 자고 일어나서 보자."

어제 숯불을 놔주면서 해 준 얘기였다.

아직 가오픈이니 뒤에 예약이 없어서 푹 쉬다 가라고.

그 말에 다들 반색하며 숙소로 들어갔다.

"근데 언니, 이상한 꿈 꾸지 않았어요?"

"응? 이상한 꿈?"

"막 되게 무서운 건 아닌데 우물 같은 데서 누가 나오는 꿈이었는데……."

"혹시 어제 내가 해 준 얘기 때문에 꾼 꿈 아냐?"

"아, 그런가? 헤헤!"
"언니랑 같이 자자. 그럼 안 무서울 거야."
"저 안 무서운데요? 무서운 꿈 아니었는데."
숙소로 들어가는 수아와 한송이의 대화에 귀가 쫑긋했다.
하지만 나 때문에 새벽부터 부산스럽게 찾아다닌 게 생각나서 붙잡고 물어볼 순 없었다.
'자고 나서 묻지 뭐.'
숙소 방에 돌아와 누웠다.
그건 뭐였을까. 꿈이었을까?
그건 아닌 게 확실했다. 쿠폰이 없어졌으니까.
"……일단 자자."
찬 바닥에서 자기도 했고 오래 잔 건 아니라서 나도 좀 피곤했다.
아우라를 많이 쓰기도 해서 회복이 잘 안 되는 것 같았다.
누워서 눈을 감으니 곧장 잠이 들었다. 그리고 일어났을 땐 해가 중천에 떠오른 시간이었다.
"와아~!"
다들 언제 일어났는지 실외 수영장에서 놀고 있는 소리에 깼다.
저 지독한 녀석들. 어제 그렇게 놀고도 또 놀 힘이 있다니.
"어? 아저씨 일어났다!"

"또 놀고 있었어?"
"네! 프히히! 뽕은 뽑아야죠!"
"이미 충분히 뽑은 것 같은데."
고개를 절레절레하며 배는 안 고프냐고 물으니 배고프단다.
슬슬 밥을 먹고 정리하고 돌아가기로 했다.
더 오래 있어도 되긴 한데…….
'왠지 호랑이 쉼터로 갔을 것 같아.'
어제 쿠폰을 받은 알 수 없는 존재가 카페에서 기다리고 있을 것 같은 느낌이었다.
그러니 적당히 더 놀다가 늦지 않게 가기로 했다.
"점심은 라면 어때?"
"좋아요!"
돌아가기 전에 밥은 역시 라면이 최고였다.
간단하기도 하고 든든하기도 하고.
숙소에서 물놀이를 조금 더 하다가 바로 옆에서 라면으로 배를 채웠다.
그리고 정리하는데, 퇴실한다고 연락을 하자 사장님이 오셨다.
마침 잘 됐다. 궁금한 것들이 있었으니까.
그런데 사장님의 상태가…….
'좋아졌네?'
어제 숯불을 놔주러 올 때와는 다르게, 사장님의 상태가 좋아졌다.

아우라도 맑았다.

뭐지?

"어떻게, 편하게 쉬셨어요?"

"예. 덕분에 잘 쉬다 가는 것 같습니다."

"하하! 다행이네요."

"혹시 사장님은…… 어제 잘 주무셨나요?"

"예? 저야 뭐. 하하. 어제는 잘 잤습니다. 요새 고민이 많아서 잠이 잘 안 왔는데 마침 어젯밤에 풀렸거든요."

내 질문에 잠시 고개를 갸우뚱하더니 이내 사장님이 웃으며 답해 줬다.

쇠약과 불면이 고민 때문이었나?

혹시나 어제 숙소에서 본 존재 때문에 그런 게 아닌가 싶었는데…….

"아 참. 어제 보니까 저쪽 뒤편은 아직 공사가 덜 끝나신 것 같던데. 혹시 고민이?"

"예에. 안 그래도 그것 때문에 좀 고민이 있었죠. 혹시 문제라도 있었나요?"

"아뇨. 그런 건 아니고. 제가 원래 건축설계 쪽 일을 했거든요. 그래서 궁금해서 물어봤습니다. 되게 신경 써서 만들고 계신 것 같던데."

"아이고. 그러셨어요? 전에 할아버님한테 들은 것도 같네! 어휴~ 지금 저걸로 얼마나 골치였는지. 원래는 저기가 우물이 있던 자리거든요."

사장님의 상태는 어떻게 된 건지 모르겠지만 잘 됐으니

다행이었고.

그보다 궁금한 건 역시 뒷마당에 있는 거였다.

왜 저기에 그런 게 있었을까?

당연히 그런 걸 봤다고 괜히 말할 필요는 없어서 에둘러 얘기를 꺼냈다. 이럴 땐 예전 직업이 참 도움이 됐다.

사장님은 잘됐다는 듯 고생했던 일들을 내게 쭉 하소연하듯 늘여 놨다.

"우물이요?"

"예. 오래된 우물이었는데 딱히 쓸데가 없어서 들어내고 자쿠지를 만들던 거였거든요. 근데 작업만 하면 작업자들이 자꾸 헛소리를 해서."

"헛소리라……."

"공사 기간 늘이려고 수작 부리는 거 아니겠어요?"

"가끔 그런 업체들이 있긴 하죠. 해결은 하셨나요?"

"어제 괜찮은 업체 소개받았습니다. 이제 진짜 마무리해야죠. 그나저나 저도 아쉽네요. 제대로 된 곳에 모셨어야 하는데."

"아닙니다. 다음에 또 오죠, 뭐."

"그래요. 다음에도 꼭 오세요. 하하!"

펜션 사장님에게 뒷마당에 얽힌 얘기들을 들으며 키워드 몇 개가 중첩이 된다는 사실을 깨달았다.

물소리, 그리고 우물.

혹시나 여기에 대해서 더 아시는 게 있나 싶어서 물어봤지만, 펜션 사장님도 딱히 더 아는 건 없었다.

그냥 땅을 샀는데 거기에 우물이 있었던 것뿐이었단다.
아쉽지만 정보는 이쯤 얻었다.
이 정도면 뒷이야기는 충분히 짐작이 가니까.
"그럼 다음에 또 뵙겠습니다. 혹시 시간 되면서 카페에도 놀러 오세요."
"예. 하하! 나중에 한 번 가 보죠. 천호리에도 가 볼 일이 있고."
펜션 사장님과 인사를 나눈 뒤 이제 진짜 갈 준비를 끝냈다.
다시 일상으로 돌아갈 시간이었다.
푹 쉬었다면 푹 쉬었고, 잘 놀았다면 잘 놀았던 시간이었다.
물론 궁금한 것도 생겼지만.
"가자."
"네에~!"
중요한 건 정말 꿀맛 같은 휴식이었다는 거였다.
다시 일상을 준비하기에 이만한 게 있을까?
그렇게 다시 천호리로 돌아왔다.
그리고…… 돌아오자마자 예상대로 호랑이 쉼터에 손님이 찾아왔다.

* * *

천호리로 돌아온 다음 날이었다.

하루 놀았다고 이미 몸에 익은 기상 시간은 어딜 가지 않았다.

그리고 딱히 할 일이 없어서 아침 일찍 일어나 카페로 출근을 했다.

한송이는 휴가의 여운인지 산책은 생략.

왜애애앵~!

카페에 오니, 얼마 지나지 않아서 랑이가 와서는 졸졸 졸 따라다니며 잔소리를 했다.

마치 왜 자기는 두고 갔냐는 듯.

'아니, 자기 주인한테 따지지 왜 나한테.'

귀 보호를 위해서라도 어쩔 수 없이 랑이에게 츄르를 줬다.

아무튼 이상한 녀석이었다.

"잘 지냈어?"

꾸르~

그러고 나서야 브라우니와 인사하고 또 텃밭으로 나와 토리와도 인사했다.

이틀 사이, 별문제는 없어 보였다.

사라락~

"그래. 너도 잘 지냈지?"

쑥쑥이와의 인사를 끝으로 다시 일상으로 돌아가려는데…….

"이게 벌써 이렇게 자랐어?"

텃밭에는 이틀 사이 변화가 있었다.

바로 가기 전에 심어 뒀던 감자가 무성하게 자란 것이다.

땅 위로 넝쿨이 어지럽게 얽혀 있는 걸 보니, 안에 감자도 많이 자랐을 것 같았다.

이게 이렇게 빨리 자라도 되나 싶었지만.

"……엄청 좋은데?"

막상 감자를 하나 캐 보자 의문은 쏙 들어갔다.

당장 다 캘 필요는 없으니 일단 조금만 캤다.

몇 개는 삶아 먹고, 또 몇 개는 빵을 만들면 될 것 같았다.

돌아오자마자 좋은 수확이었다.

감자는 바로 씻어서 오븐에 넣고 쪘다.

오븐에 물을 담은 그릇을 같이 넣고 고온이 아닌 온도로 익히면, 약간 찐 것도 구운 것도 아닌 상태로 익혀지는데 그게 또 별미였다.

겉에 수분은 날아가면서 안쪽으로 응축된 맛이 살아나기 때문이다.

그렇다고 너무 마르지도 않았다.

물그릇도 같이 넣으니까 마르는 데 오랜 시간이 걸리니, 그만큼 더 응축할 수 있었다.

"이건 시간이 좀 걸리니까."

그사이 빵 반죽을 만들었다.

감자 빵은 결국 빵 안에 으깬 감자를 넣는 거였다. 빵 반죽도 발효를 시켜야 하니 시간이 좀 걸렸다.

'별거 없는데 참 손이 많이 간단 말이지.'

역시 빵은 그냥 사 먹는 게 나으려나? 근데 그게 또 이젠 쉽지 않은 것이…….

"놀러 가서 카페 갈 때마다 애매했지."

휴게소에서도 커피를 먹었고, 또 바닷가에 가서도 거기에 있는 좋은 뷰를 자랑하는 카페에 갔었다.

내가 가고 싶어서 간 건 아니고 수아의 강력한 추천을 통해서 집에 오기 전에 가 봤는데…….

다들 실망 아닌 실망을 했다.

분명 카페는 예뻤다.

하얀 성처럼 푸른 바다와 너무 잘 어울리는 외관에 인테리어도 깔끔했다.

근데 음료도, 빵도 다들 먹자마자 애매한 표정을 지었다.

맛이 막 없는 건 아닌데 또 엄청 맛있는 건 아닌, 그런 표정들이었다.

그리고 그건 나도 마찬가지.

언제 내가 그렇게 고급 입맛이 됐다고 그랬는지는 모르겠지만, 어쨌든 확실히 내가 여기서 만들어 먹는 게 더 맛있었다.

이건 내 생각이 아니라 다들 비슷하게 말했기 때문에 사실이었다.

"재료가 좋으니 뭐…… 당연한 거지."

솜씨도 솔직히 이젠 어디 가서 자랑할 수 있을 정도는

됐다고 생각했다.
 딱히 자랑할 생각은 없었지만.
 아무튼.
 사서 고생을 하게 됐지만 그래도 또 기대가 됐다.
 이번엔 어떤 맛을 보여 줄지.

 [감자]
 *상태
 ―최상급
 *효과
 ―당뇨 및 고혈압 예방, 완화
 ―뼈 건강 향상

 효과는 보시다시피 여태 나온 것들 중에서도 손꼽을 수 있을 정도로 좋았다.
 뭐랄까, 건강에 좋은?
 아무래도 감자는 과거 먹을 게 없을 때 식량으로 썼다고 했으니, 그런 효과가 증폭된 것 같았다.
 맛은 아직 안 봤지만, 냄새만 맡아도 맛있을 듯.
 그렇게 반죽은 발효하고 감자는 익히는 사이.
 딸랑~ 딸랑~
 문이 열렸다.
 이미 오솔길을 올라올 때부터 알고 있었기 때문에 당황하진 않았다.

다만 낯익은 손님이라 의외긴 했다.
"어서 오세요~ 또 보네요."
"네. 가는 길에 혹시나 궁금해서 와봤네요."
바다로 놀러 갈 때 휴게소에서 봤던 그분이었다.
김복순 할머니의 딸.
뒤에는 김복순 할머니도 계셨다.
그때, 혹시나 하는 아쉬움에 쿠폰 겸 명함을 드렸는데 잘 찾아오셨다.
"자리는 편하신 곳에 앉으시면 됩니다."
"너무 일찍 와서 폐를 끼치는 건 아닌가 모르겠네요."
"아닙니다. 원래도 이 시간보다 더 빨리 영업해서요. 괜찮습니다."
"다행이네요."
너무 일찍 왔다며 미안해하는 모습에 괜찮다고 말했다.
진짜로 괜찮으니까.
오히려 이렇게 찾아와 줘서 고마웠다.

[이규남]
*상태
—피로 누적
—불안
—우울

김복순 할머니 딸의 상태도 썩 좋진 않았으니까.

휴게소에서 조금 도와주고 명함을 줬지만, 사실 그냥 넘어갈 수도 있는 일인데 이렇게 찾아와 줬다.

"자네가 그때 그 친구구만. 그땐 고마웠네."

그런데 그때, 김복순 할머니가 다가와 말했다. 말투를 보니 지금은 괜찮으신 모양이다.

"아닙니다. 어디 좋은 곳은 다녀오셨어요?"

"자네 덕분에 잘 갔다 왔네. 죽기 전에 좋은 거 보고 갈 수 있었지."

"아직 정정하신데요? 더 좋은 곳 더 많이 보셔야죠."

"에잉. 그럼 못 써. 딸만 힘들지."

병증이 올라오지 않은 할머니는 꽤 유머 있으면서도 점잖은 분이셨다.

그때 아빠와 같이 있겠다며 떼를 쓰던 모습과는 완전 달랐다.

이런 분도 그런 병에는 어쩔 수 없나 보다.

"여기 좋구먼. 공기도 좋고, 여태 보고 온 것보다 여기가 더 좋아."

"그런가요? 하하! 그럼 여기서도 편하게 쉬다가 가세요."

김복순 할머니는 웃으며 자리를 찾아가셨다.

근데 그때 봤을 때와 달리 김복순 할머니도 아우라가 좋진 않았다.

당연했다.

병증이 없을 땐 딸에게 미안하면서도 고마운 감정 때문에 좋은 상태일 수가 없었으니까.

"엄마. 여기 와 봐. 여기 좋네."

"끌끌. 그래. 좋네."

"마실 건 뭐 뭐 마실래?"

"그냥 네가 좋은 걸로 시켜. 내가 뭐 아는 게 있나."

"그럴까? 엄마는 단 거 많이 안 좋아하니까 모히토 에이드? 이건 안 다나? 한 번 물어보고 올게. 엄마 여기 있…… 어머? 웬 고양이? 엄마, 여기 고양이도 있네."

도란도란 대화를 나누는 모녀 사이로 랑이가 끼어들었다.

저 녀석, 이틀 정도 못 봤다고 지금 시위하는 건가? 아니면 겨우 그 정도로 사람이 그리워졌나?

할머니에게 머리를 비비던 녀석은 이내 무릎 위까지 올라갔다.

혹시 불편하실까 걱정하면서 보는데.

"끌끌 따뜻하니 좋네. 나비야? 여기가 좋아?"

"신기하다~ 고양이가 사람을 이렇게 좋아하네?"

두 분 다 크게 불편한 건 없는 듯했다. 오히려 할머니는 무릎 위로 올라온 랑이를 쓰다듬으며 좋아하셨다.

다행이네.

잠시 랑이를 신기하게 보던 딸 손님이 카운터로 왔다.

"저희 음료 주문할게요."

"예. 어떤 걸로 드릴까요?"

"혹시 이거 안 달게 가능할까요?"
"무알콜 모히토 에이드요? 네. 가능합니다."
"아! 그럼 그렇게 하나랑, 핸드 드립 커피 하나 부탁드려요."
"예. 바로 준비해 드리겠습니다."
"아참. 근데 혹시 여기 감자 굽고 있어요?"

음료 주문을 하고 돌아가려다가 생각이 난 듯 딸 손님이 돌아와 물었다.

감자 냄새를 맡으신 것 같다.

"네. 지금 오븐에 살짝 굽고 있어요."
"혹시 그것도 주문할 수 있나요?"
"아, 그건 빵으로 만들 거라서…… 익으면 몇 개 좀 드릴 순 있습니다."
"빵이요? 그럼 그 빵은 먹을 수 있나요?"
"음. 그건 시간이 좀 걸리는데요."
"괜찮아요. 우리 같은 사람이야 남는 게 시간인데. 기다렸다가 먹을 게요."

딸 손님이 여유롭게 받아 줘서 그렇게 하기로 했다.

우선은 음료부터.

익숙한 주문이라서 금방 만들었다.

무알콜 모히토는 사이다 대신 탄산수를 쓰고, 또 단맛을 많이 내는 청을 적게 넣었다.

대신 생 민트로 향을 더 진하게 만들었다.

핸드드립 커피는…….

'피로, 우울에 좋은 걸로.'

효과를 넣고 커피 취향을 들어 보니 산미가 있는 게 좋다고 하셔서 약배전 원두로 블렌딩을 했다.

곧이어 커피향이 카페 안을 채우기 시작했다.

음료는 금방 만들어져서 먼저 드렸다.

두 분은 따로 내가 챙길 것 없이 도란도란 얘기를 나누셨기 때문에 오히려 방해하지 않기 위해 주방으로 다시 들어왔다.

정말 보기 좋은 모습이었다.

저 모습이 오래 유지 됐으면 좋겠다는 생각이 들었다.

'감자에 있는 효과를 조금 더 강화하는 게 다겠네.'

물론 그거라도 어딘가 싶은 효과긴 했다.

특히 김복순 할머니는 몸도 완전 편한 상태는 아닌 것 같았다.

감자의 효과면 조금은 괜찮아지실 터.

내가 할 수 있는 최선을 다해 보기로 했다.

띵!

감자가 다 익었다는 소리가 났다.

바로 꺼내서 식히는데, 그중 몇 개는 따로 접시에 담았다.

그리고 그 옆에는 소금도 조금.

"손님~ 이것 좀 드셔 보실래요? 햇감자 구운 거예요."

"어머! 안 주셔도 되는데."

"그래도 맛 좀 한 번 보시라고요. 빵도 되면 드릴 게요."

"감사해요. 잘 먹을 게요. 근데 벌써 햇감자가 났어요?"
"예. 텃밭에 조금 심었는데 났더라고요."
갓 구운 감자를 주며 잠깐 얘기를 나눴다.
"햇감자는 또 오랜만에 먹네요. 예전에 엄마가 밭일 하실 땐 자주 먹었던 것 같은데."
"아, 할머니가 밭일을 하셨어요?"
"네. 지금은 하고 싶어도 못해서 못 하시니까 다 팔고 같이 도시에서 살지만."
딸 손님의 말에 고개를 끄덕였다.
할머니가 지금 밭일을 하시기엔 조금 위험할 수도 있었다.
제일 큰 위험은 밭일을 가다가 길을 잃는 것일 터.
요즘은 문자로도 근처 주민들의 실종을 알리는 알림이 오는데, 그 대상은 대부분이 나이 드신 분들이었다.
"집도 큰 병원 가까운 곳으로 옮겨서 밭은 구경도 못했는데, 반갑네요."
"그런가요?"
"혹시 이거 택배도 되나요?"
"택배요? 아, 아직 그건 안 해서요."
딸 손님의 말에 좋은 방법이라는 생각이 들었다.
텃밭의 작물들만 택배로 보낼 수 있으면 분명 도움을 줄 수 있는 범위가 늘어날 테니까.
하지만 아직은 그것까지 할 수 있을 것 같진 않았다.
"그래요? 아쉽네요."

"아빠, 감자야?"

잠깐 딸 손님과 얘기를 하는 사이 할머니가 다가오셨다.

나는 이미 보고 있어서 당황하진 않았다.

"응. 감자야. 복순이 감자 좋아하지?"

"응!"

"여기 언니한테 껍질 까서 소금 찍어 달라고 해?"

"응응!"

다시 어린 시절로 돌아온 김복순 할머니에게, 그때 그랬던 것처럼 연기를 해 줬다.

딸 손님이 눈짓으로 고마움을 표하며 할머니와 자리로 돌아가려는데.

"근데 아빠~"

"응? 왜~?"

"우리 우물에 살던 요정이~"

"……요정?"

"아이참! 뒷마당 우물 있잖아~ 요정 사는 우물~"

자리로 돌아가려던 김복순 할머니가 갑자기 이상한 얘기를 꺼냈다.

우물 요정?

"복순아. 그게 왜?"

"저기서 기다려~"

"……뭐가 기다린다고?"

"요정!"

이게 무슨 말일까.

"엄마. 무슨 소리야. 우리 집 마당에 언제 우물이 있었다고. 얼른 감자 먹자."

"있었는데."

김복순 할머니는 고개를 갸우뚱했지만, 이내 딸과 함께 자리로 돌아갔다. 그리고 아무것도 모른다는 듯 감자를 먹었다.

왠지 짐작 가는 게 있어서 김복순 할머니와 더 얘기 하고 싶었는데…….

어쩔 수 없지.

어차피 더 대화를 하려고 해도 쉽지는 않을 거다.

일단 하려던 것부터 하자.

그런데 그때!

끼융!

미호가 갑자기 달려오고, 브라우니가 내 앞에 자리를 잡았다.

무언가 호랑이 쉼터로 오고 있는 게 느껴졌다.

근데 그게 사람은 아니었다.

터의 관리 재능으로도 그저 무언가가 오고 있다는 것만 느껴졌으니까.

물론 그게 뭔지 짐작은 갔다.

놀러 간 숙소에서 만났던 그 존재가 분명했다.

'할머니는 어떻게 안 거지?'

아니, 알고 있는 게 맞긴 한 걸까.

할머니 쪽을 슬쩍 보니 아무것도 모르고 감자를 먹고 있었다.

아는 걸까? 아니면 그냥 기억이 뒤섞여서 한 말일 뿐일까.

지금 그걸 알 수 있는 방법은 없었다. 대화가 자연스럽게 통하는 상황은 아니니까.

그리고 이미 그것은 오솔길을 올라오고 있었다.

'일단은…… 손님으로 받아야겠지.'

내가 준 쿠폰이 사라졌고, 이렇게 여기 나타난 걸 보면 말이다.

내가 초대한 거니까 놀라고만 있을 순 없었다.

근데 어떻게 해야 잘 받는 거지?

기준의 모호함에 고민하기도 잠시.

쓸데없는 짓 하지 말고 그냥 기다리기로 했다.

'좀 천천히 오네.'

구경이라도 하는 건지, 다가오는 속도는 느렸다.

음? 아니다.

느린 게 아니라…… 오솔길 중간에서 멈췄다.

왜지?

의아한 마음에 한 번 내려가 볼까 하다가 일단은 참았다.

안에 손님도 있는 터라 갑자기 비우기도 그랬고, 여기까지 와 놓고 멈춘 이유가 있을 테니.

기다려 보기로 했다.

'빵 만들고 있지 뭐.'
멍 때린다고 감자가 적당한 온도로 식었다.
반죽도 발효가 잘됐고.
그럼 만들어 볼까?
먼저 빵 속에 넣을 감자부터 손질을 했다.
손질이라고 해 봐야 뭐 간단했다.
껍질만 까서 으깨면 되니까.
그러니 우선 껍질부터 까는데…….
그러면서도 계속 오솔길에 있는 존재를 신경 썼다.
멈춰 있던 그 존재가 움직이기 시작한 것.
'응? 왜 돌아가?'
그런데 예상과 다르게 돌아가는 움직임이 보였다.
이건 예상에 없던 건데.
지금이라도 가서 붙잡아야 하나?
하지만 그렇게 생각하던 순간, 이미 떠나 버렸다.
저 정도면 애초에 붙잡을 수도 없는 속도였다.
그렇게 훌쩍 떠나버려서 왠지 모를 아쉬움이 차오던 그때!
오솔길을 떠나 '그것이' 간 곳이 여름 쉼터인 걸 깨달았다.
완전히 떠난 게 아닌 거였다.
'물을 찾았던 건가?'
그럴지도 모르겠다.
정확한 건 아니지만 물과 관계가 깊은 것 같았으니까.

일단 한시름 놨다.

여름 쉼터 또한 터의 관리로 계속 느낄 수 있는 영역이니.

다시 감자 빵을 만드는 데 집중하기로 했다.

이번엔 그냥 마음 편하게 먹었다.

보니까 어차피 내가 잡으려 한다고 잡을 수 있는 것 같지 않았다.

순식간에 사라졌던 걸 보면 말이다.

그렇게 생각하니 한결 마음이 편했다.

"그럼."

껍질을 다 벗긴 감자는 큰 그릇에 넣고 으깼다.

곱게 으깨는 게 나중에 먹을 때 식감이 좋으니 이것만 신경을 쓰면 됐다.

그렇게 으깬 감자를 조금 집어서 맛을 봤다.

"음? 달달하네? 고소하기도 하고."

고구마 정도로 단맛은 아니지만, 일반 감자보단 확실히 달았다.

신기하네.

잠깐만 이거.

바로 소금을 가져와서 살짝 찍어 먹어 봤다.

"오?"

단맛이 좀 더 잘 느껴지는 동시에 짭짤한 맛도 느껴졌다.

그야말로 단짠단짠!

이 감자, 효과만 좋은 게 아니라 진짜 맛있다.

솔직히 개인 취향은 감자보다 고구마였는데 이런 감자라면 취향이 바뀔지도?

이럴 때가 아니지.

으깬 감자에 버터와 우유, 그리고 소금을 조금 넣고 섞었다.

그리고 마지막으로 꿀도 조금 넣었다.

사실 원래 더 달달한 맛으로 만들려고 했는데 감자가 맛있어서 그럴 필요도 없었다.

꿀을 넣은 건 순전히 효과를 위해서였다.

그렇게 만든 감자 크림은 잠시 두고, 빵 반죽을 꺼냈다.

찹쌀을 조금 섞어서 찰기가 남다른 반죽이었다.

도넛을 만드는 것처럼 반죽을 뚝뚝 떼서 동글동글.

그리고 꾹! 눌러 납작하게 만든 다음 그 안에 감자 크림을 넣고 잘 감쌌다.

이제 그걸 반복하면 됐다.

감자 모양으로 빚어서 빵 반죽과 감자 크림을 다 쓸 때까지 만들었다.

그리고 예열된 오븐에 넣고 굽기 시작했다.

베이킹을 할 때마다 느끼지만 굽는 데까지 손이 많이 가고 오래 걸리지, 막상 굽는 건 금방이었다.

오븐에 넣고 얼마 지나지 않아 빵 반죽이 부풀면서 맛있는 냄새가 퍼졌다.

"이게 무슨 냄새래? 엄마. 엄청 맛있는 냄새 난다 그치?"

"그려. 고소한 냄새가 나네. 여기 주인 솜씨가 좋은 듯해. 이것도 그렇고."

이제 거의 끝난 거라 집중력이 흩어지며 홀에서 모녀의 대화 소리가 들렸다.

살짝 들어보니 김복순 할머니는 다시 원래 모습으로 돌아온 듯했다.

"아 참. 근데 엄마. 우리 살던 집에 우물이 있었어?"

"우물? 웬 우물?"

"아니 전에 엄마가 말했던 것 같아서."

그런데 대화 내용이 좀 솔깃했다.

아까 나만 궁금했던 게 아니라 딸 손님도 궁금했던 모양.

"내가 그랬나? 우물은…… 전에 네 할아버지랑 살던 집에 있었지."

"아, 진짜? 몰랐네."

"너야 모르지. 너 있을 땐 이사 간 뒤였으니까."

"그래? 그럼 우리 거기도 한 번 가 볼까?"

"됐어. 거길 뭣 하러 또 가."

"에이~ 바다도 잘 갔다 왔잖아."

"그러니까. 갔다 왔잖아. 어제."

"응?"

할머니의 말에 딸 손님이 몰랐다는 듯 반응을 보였다.

서로 다른 목적으로 간 거였나?

"거기가 거기야. 예전에 네 할아버지랑 살았던 곳. 지금은 죄다 엎어 버려서 어딘지도 모르게 돼서 가도 못 봐."

"그럼 갑자기 바다 보러 가자고 한 게 그래서였어? 미리 말 좀 해 주지 그랬어?"

짐짓 서운하다는 딸의 말에 김복순 할머니는 그저 웃었다.

근데 그 웃음에 조금의 아쉬움이 담겨 있는 건 역시 대화 내용에도 있는 그 사실 때문일까.

'살던 집이 개발로 다 바뀌었구나.'

흔한 얘기라고 할 순 없지만 아무래도 관련 업계에 발을 담갔던 터라 자주 듣던 얘기긴 했다.

거기에 직접적으로 개입한 사람도 있고, 피해를 받은 사람도 있었다.

예전의 건물을 복원해 달라는 사람들도 있었는데······.

할머니 쪽은 아마 이제 복원은 힘들지 싶었다.

근데 거기에 진짜 우물이 있었다는 거지?

띵~!

오븐이 굽기가 끝났다는 신호를 보냈다.

바로 꺼내서 살짝 식히고.

그사이 고소한 미숫가루에 검은 깨를 으깨서 섞었다.

벼농사 도와주고 받은 것 중 하나였는데, 이걸 어디에 쓰나 싶었는데 여기에 쓰게 될 줄이야.

감자 모양으로 통통하게 잘 익은 빵을 그 가루에 묻히면…… 감자 빵 완성.

마치 갓 캔 감자처럼 가루가 흙을 대신 한 감자 빵이었다.

당연히 내가 개발한 건 아니고 SNS에서 유행하는 걸 수아가 알려 줘서 만들어 봤다.

당시 얼마나 성화던지.

감자를 심을 때 이걸로 뭘 할까 고민하고 있던 차여서 그 의견을 수용했지.

'이건 나중에 수아 주고.'

그래서 몇 개는 빼놨다.

그리고 또 몇 개는 접시에 담았다.

"손님~ 이거 감자 빵 방금 만들었는데 좀 드셔 보실래요?"

"어머! 무슨 냄새가 이렇게 맛있나 했는데."

[감자 빵]
*효과
-당뇨 및 고혈압 예방, 완화
-뼈 건강 향상
-피로 회복
-면역력 강화

아주 건강으로 꽉 찬 효과의 감자 빵을 모녀 손님에게

도 드렸다.

그러면서 슬쩍 물었다.

"근데 아까 우물 얘기하셨잖아요."

"으응? 내가 그랬나?"

어린아이 모습일 때 하신 얘기는 역시 기억이 나는 건가?

다행히 옆에서 딸 손님이 했다고 알려 줬다.

"네네. 근데 그 우물 요정이라는 건 뭐였나요? 갑자기 궁금해서……."

"다 큰 어른이 그런 게 왜 궁금해?"

할머니의 말에 멋쩍은 웃음을 지으며 뒷머리를 긁적였다.

그 모습에 할머니가 끌끌 웃으며 말해 줬다.

"그냥 어릴 때 아버지가 해 준 얘기였네. 우물에 요정이 있으니까 절대 가까이 가지 말고, 돌도 던지지 말라고. 지금 와서 생각해 보면 그냥 떨어질까 봐 한 소리였겠지만 그때만 해도 철썩 믿었던 거지."

"아, 그래요? 그럼 진짜 요정은 없었네요?"

"예끼! 이 사람, 요정이 어디 있나?"

난 또 내가 본 거랑 비슷한 존재가 있나 싶었는데 그건 아닌 모양이다.

할머니가 장난스럽게 호통을 치시며 웃었다.

"어딘가에는 있을 수도 있지 않을까요? 근데 그 요정은 왜 거기 있었대요? 혹시 그것도 말해 주셨어요?"

"끌끌! 보기와는 다르게 영 순수한 젊은이네. 어디 보자. 아버지가 뭐라고 했던가?"

김복순 할머니는 가물가물한 기억을 꺼내려는 듯 생각에 잠겼다.

하지만 잘 기억이 나지 않는 것 같았다.

'저건 도울 수 없나?'

왠지 방법이 있을 것 같은데…….

기억은 머리와 관계있고 머리는 또 정신과 관계가 있다.

그러므로 그와 관련된 재능은 토생의 재능들.

외유내강, 문일지십, 역발산기개세, 대기만성, 뚝심(2성), 끈기.

토생의 기운을 일으켰다.

그리고 조화의 재능으로 합치며 감자 빵에 불어 넣었다.

목생의 재능으로 한 것과는 다른 방법이라 아우라의 탈력감은 크게 들지 않았다.

물론 이렇게 효과를 넣으려면 화생의 재능들을 사용해야 해서 아우라 소모가 적다는 건 아니었다.

커피에 효과를 불어 넣을 때와 비교하면 효율이 극도로 안 좋았다.

'근데 합일을 써 봐서 그런가? 이 정도면 할 만하네.'

합일은 그야말로 밑 빠진 독에 물을 붓는 것과 같았다.

정말 다 쏟아 낼 만큼 쏟아 내야 했다는 말이었다.

그래선 오히려 내가 쏟아부을 수 있는 한계점이 어디인지 알게 된 것 같은데…….

그에 비해 이 정도면 괜찮다는 생각이 들었다.

아우라가 소모되는 양이 무서워서 잘 안 쓰려고 했는데 이렇게 꼭 필요할 땐 아낄 필요가 없을 듯했다.

"아 참. 먼저 감자 빵 따뜻할 때 드세요. 저도 잠깐 앉아도 되나요?"

"으응? 그려 그려. 잠깐 여 앉아서 같이 먹게나."

감자 빵을 권하자 할머니가 마치 손주 대하듯 앉으라고 했다.

얘기를 더 듣고 싶어서 자연스럽게 착석했다.

그리고 슬쩍 터의 관리로 그 녀석은 아직 있는지 확인했다.

'……뭐지? 신나게 놀고 있는 것 같은데.'

아직 여름 쉼터에 머물고 있었다.

그것도 아주 잘.

잠시 신경을 꺼도 되겠다.

지금은, 혹시나 그 녀석과 관계가 있을지도 모르는 정보를 알아내는 게 더 중요할 것 같았다.

전에 김도혁이 말했다. 인연이라는 게 있는 것 같다고.

그게 뭔지 몰랐는데 지금 이렇게 있으니 왠지 알 것도 같았다.

김복순 할머니, 그리고 그 녀석, 나.

왠지 인연이 느껴지는 듯했다.

"음~ 이거 아주 별미구나."

"그러게요? 요즘 빵들은 너무 달아서 별론데 이건 부담스럽지도 않고 맛도 있네~"

아직 김이 폴폴 나는 감자 빵을 먹는 모녀의 모습에 흐뭇한 미소를 지었다.

둘은 모녀가 아니라 꼭 친구 같은 모습이었다.

나이가 들어도 저런 가족이 있다는 건 참 좋은 것 같았다.

"자네도 하나 먹어."

"아, 예."

내가 만들고 내가 준 거지만.

할머니의 호의를 받아 빵을 하나 집었다.

뜨거운 빵을 반으로 찢으니 모락모락 김이 나오는 감자 크림이 나왔다.

바로 한입 베어 물었다.

빵은 쫄깃쫄깃해서 꼭 찹쌀 도넛 같고, 안의 크림은 감자 스프를 아주 농도 짙게 농축한 듯한 맛.

이건, 진짜 별미인데?

엄청 자극적이지 않은데 가끔씩 불쑥 생각날 것 같은 맛이었다.

순식간에 하나를 다 먹었다.

스윽.

"복스럽게 잘 먹네. 끌끌! 더 먹게나."

"아, 제가 너무 다 먹으면……."

"괜찮네. 늙은이가 먹으면 얼마나 먹는다고."
일단 주니까 하나 더 먹었다.
그리고 이번엔 딸 손님이 주는 것 또 하나.
마지막으로 하나?
아니…… 인제 그만 하나.
"더, 더는 못 먹겠는데요."
"끌끌! 잘 먹는구먼, 잘 먹어."
이거 빵을 내가 거의 다 먹어 버린 것 같은데.
뭐, 다행히 할머니와 딸도 적당히 먹은 것 같긴 했다.
두 분 다 만족한 표정을 보니 염치없고 미련한 짓을 한 건 아니었다.
그리고 무엇보다 내가 이렇게 먹는 사이…….
샤라랑~
할머니와 딸의 몸에서 뿜어져 나온 맑은 아우라가 어느새 카페 안을 가득 채웠다.
그리고.
'할머니의 치매 상태가 사라졌어.'
나는 그저 우물과 요정에 대한 정보를 얻으려고 했을 뿐인데…… 기적이 일어났다.
"아! 생각이 났네. 그러니까 그 우물 요정은 말이야……."
그때, 치매 상태가 사라진 할머니가 무언가 생각이 났다는 듯 입을 뗐다.
그에 나도 정신을 차리고 집중했다.

* * *

모녀 손님은 한참 나와 얘기를 나눴다.

아까 말한 우물 요정의 얘기는 일종의 설화 같은 내용이었다.

아마 할아버지 대에서 내려오는 우물을 조심하게 만들려는 목적의 설화가 아니었을까 짐작이 되는데…….

그렇다고 마냥 넘길 만한 내용을 또 아니었다.

만약 내가 아우라를 보지 못했다면 모를까, 세상에 또 다른 세상이 있다는 걸 알기 때문에 귀담아들었다.

물론, 그걸 모르는 할머니와 딸에게는 우물 요정 얘기는 사실 그냥 이야기를 나누기 위한 서두였을 뿐이지만.

우물 요정의 이야기에서 아주 자연스럽게 이야기가 다른 쪽으로 넘어갔다.

그리고 손자 얘기부터 해서 이런저런 이야기를 하다 보니 어느새 저쪽 집안의 대소사를 다 알게 되는 기분이 들 정도다.

"어이쿠! 시간이 벌써 이렇게 됐나?"

한참을 그렇게 얘기하다가 할머니가 깜짝 놀라 말했다.

아침의 기운은 이미 다 사라지고 어느새 오후가 다 된 것이다.

"그러게요."

"젊은 사람 재미없게 늙은이가 너무 붙잡고 있었는지

모르겠구먼."
"아뇨. 재밌었습니다."
할머니가 내 손을 붙잡고 고맙다고 했다.
이에 나도 같이 손을 잡아 주며 답했다.
재미있었다는 말은 거짓이 아니었다.
아주 잠깐이지만 할아버지와 얘기하는 것 같은 느낌이었으니까.
어른들과 얘기하는 게 편한 건 아무래도 그런 영향도 없지 않아 있었다.
아무튼 앞에 우물 요정 얘기는 참고할 만했으니, 나한테도 좋은 시간이었다.
"벌써 시간이 이렇게 됐다니. 슬슬 가야겠구먼."
"가시게요? 좀 더 쉬시다가 가셔도 되는데요."
"예끼. 우리도 바빠. 늙었다고 다 한가로운 줄 아는가?"
"아. 바쁘신 일 있으신가요?"
"끌끌. 없네."
할머니는 기분이 좋으신지 장난도 치셨다.
그새 많이 친해진 느낌이네.
옆에서 딸이 주책 부리지 말라고 하면서도 새삼스러운 눈으로 나와 할머니를 번갈아 보셨다.
"신기하네요. 엄마랑 이렇게 편하게 얘기하는 젊은이는 처음 봐요. 엄마도 오랜만에 저렇게 말도 많이 하고."
"그런가요?"

"사실 우리 엄마 많이 꼬장꼬장하거든요. 선생님 하던 버릇 어디 간다고 나이 들어서도……."

예끼!

딸의 앞 담화에 할머니가 호통을 치셨다.

그 소리에 움찔하면서도 딸은 기죽지 않았다.

이미 익숙해 보였다.

그나저나 할머니가 선생님이셨다니.

"별 소릴 다하는 걸 보니 이제 진짜 가 봐야겠구먼. 우리가 너무 시간을 많이 뺏었어."

"시간은 괜찮습니다. 나중에라도 또 오셔서 편히 쉬다 가세요."

"끌끌! 말이라도 고맙구먼. 내 진짜 다음에도 또 오겠네. 다음엔 여기 혹은 떼 놓고 와야겠어."

"하하! 그러세요."

들어왔을 때와 다르게 맑은 아우라와 상태를 회복한 할머니라면 정말 혼자 올 수 있을지도 모른다.

물론, 이건 나만 알 수 있는 거라서 따로 얘기를 드릴 순 없지만.

'지내다 보면 아시겠지.'

증상이 뚜렷한 거니까 금방 알게 되실 거다.

그게 어째서 완화가 됐는지는 모르겠지만.

그거면 된 거지 뭐.

"고마워요. 맛있게 잘 먹고 쉬다 가요."

"예. 안녕히 가세요~"

"네. 또 올게요."

모녀가 자리에서 일어나 떠날 채비를 했다.

가기 전에 할머니가 죽기 전에 또 들른다고 해서 이걸 웃어야 하나 말아야 하나 싶었지만.

할머니의 웃음에 같이 웃으며 또 오라고 말해 드렸다.

그리고 그렇게 둘은 떠나고.

샤라랑~

오랜만인가? 아닌가?

아무튼 맑은 아우라가 카페 곳곳에 스며들었다.

내게도 마찬가지. 아우라가 충만하게 차올랐다.

그리고, 재능을 흡수했다.

〉김복순, 이규남의 회생

화생의 재능으로 분류된 '회생'.

아마 이것도 아우라를 크게 소모하면서 다른 재능을 불어넣어 줄 수 있는 것이리라.

정확한 건 써봐야 알겠지만, 그 전에…… 이제 여름 쉼터에 있는 손님을 모셔야 될 것 같은데.

'재미있게 노는 것 같은데?'

정확한 건 느낄 수 없지만 왠지 터의 관리 재능을 통해서 그런 느낌이 느껴졌다.

그렇다면 조금 지켜보는 것도 괜찮을 듯했다.

그동안 나는, 조금 정리해 봐야겠다.

저 녀석의 정체를 말이다.
"브라우니, 미호. 너희는 저게 뭔지 알지?"
저 녀석이 온 뒤로 계속 경계 중인 두 녀석을 불렀다.
일단은 탐방 조사부터.

* * *

결과적으로 얘기하면 브라우니와 미호에게선 큰 정보를 얻진 못했다.
나중에 온 봉봉이도 마찬가지.
소득은 없었지만 그래도 하나 알게 된 사실은 있었다.
셋 다 그 녀석을 인지하고 있다는 점이었다.
그리고 경계할 정도의 존재감을 가졌다는 점?
"이제 슬슬 와야 될 텐데."
아직도 오지 않은 그 존재를 위해 어쩔 수 없이 여름 쉼터까지 내려가야 될 것 같았다.
그냥 두긴 좀 그러니까.
혹시 몰라 과일을 조금 땄다.
뭐라고 해야 할까? 산신에게 진상한다는 느낌으로?
'산신보다는 우물 신이겠지만.'
아무튼 이것저것 좀 챙겨서 바구니에 담았다.
잊지 않고 쑥쑥이의 축복도 받고.
혹시 모르니까 정화에 필요한 커피 찌꺼기도 챙겼다.
"……묘하게 자꾸 신, 퇴마 같네."

너무 챙겼나?

아니지. 준비해서 나쁠 건 없으니까.

"브라우니, 이번엔 따라올 거지?"

꾸르!

원래 카페 밖으로 잘 나오지 않는 브라우니였지만, 이번엔 같이 간다고 딱 붙었다.

역시 의리 있는 녀석.

이제 진짜 내려갔다.

그리고 범의 영역 효과가 깃든 팻말을 둔 여름 쉼터로 향했다.

보통 이 시간이면 아직 휴가철이라 놀러 온 사람이 있을 법한데…….

오늘따라 없네.

주말이 지나서 그런가.

"……그렇겠지?"

대답할 이 없는 질문과 함께 도착했다.

근데 분명 느껴지는데 눈으로는 안 보였다.

'어디 있는 거지? 물속인가?'

물이 흐르고 있는 냇가를 살폈다.

물살이 있어서 사실 잘 모르겠다.

있긴 분명 있는데…… 아무래도 불러야 될 것 같다.

근데 뭐라고 부르지?

물 덩어리 선생? 우물 요정?

이런저런 잡생각에 빠져들려던 찰나!

꾸르!
브라우니가 갑자기 내 볼을 코로 툭툭 쳤다.
정신 차리라는 거였다.
왜냐면…… 그게 지금 물살을 가르며 이쪽으로 오고 있었으니까.
꿀꺽!
나도 모르게 마른침을 삼켰다.
이런 거 무서워하는 사람은 아닌데 괜히 긴장이 된다.
목도 한 번 가다듬고 기다리는데……!
촤라락!
물살을 헤치며 나타난 건 바로,
"수달?"
누가 봐도 수달이었다.
앞으로 봐도 뒤로 봐도 귀여운 수달.
아니 갑자기 왜 얘가 나오지?
분명 감각은 그 존재였는데?
수달도 나를 보며 의아하다는 표정으로 고개를 갸우뚱했다.
그러다가……!
촤아악!!
갑자기 수달이 물방울로 변했다.
그리고 작은 형상을 허공에 만들었다.
'그거다!'
숙소 뒷마당에서 본 그 모습이었다.

그때보다 훨씬 작아지긴 했는데 모습은 얼추 비슷했다.
조금 더 선명해진 것 같기도?
그때 정말 그냥 형상이었는데 지금은…… 어린아이 같은 모습으로 보였다.
푸른 바다 같은 눈동자를 가진 아이.
그리고 기다렸던 그것, 바로 텍스트창이 보였다.

[우물을 잃은 우물의 정령(임시)]
*상태
—극도로 쇠약
—허기
—불안정

우물의 정령?
요정은 아니었지만, 그와 비슷한 정령이었다.
예상한 것 중 하나긴 한데, 직접 마주하니 당황스럽다.
하지만.
"안녕…… 하세요?"
일단 정신을 차리고 인사를 했다.
다른 사람이 보면 무슨 헛짓인가 싶겠지만 다행히 지금 주변에는 아무도 없었다.
포로롱~
내 인사에 답이라도 하듯 물로 만들어진 아이가 흔들렸다.

근데 무슨 말인지 모르겠는데.
"이거 달라는 거죠?"
포로롱~
다행히 내가 가지고 온 것들이 의미가 없지 않은 모양이다.
과일들이 든 바구니를 가리킨다.
쇠약과 허기라는 상태를 보아 이게 먹고 싶은 것 같았다.
바로 줄 수도 있지만…….
"줄게요. 근데…… 그 전에, 당신은 누굽니까?"
포로롱?
아이의 모습을 한 물이 고개를 갸우뚱했다.
내가 저쪽의 말을 못 알아듣는 것처럼 저쪽도 내 말을 못 알아듣는 모양이다.
'여기서 계속 이러고 있을 순 없는데.'
지금 사람이 없는 거지, 언제든 사람이 지나갈 수 있는 곳이었다.
장소부터 옮기기로 했다.
주머니에서 쿠폰을 꺼냈다.
"일단 여기, 여기로 갈 겁니다."
쿠폰을 들고 흔들거리니 고개를 갸우뚱하다가 이내 끄덕거렸다.
이건 알아들었나 보다.
'역시, 그때 목생 재능의 합일로 잠시 뜻이 통했나 보네.'

여기까지 따라왔으니 그렇게 하면 대화가 되긴 할 것 같다.

그렇다면 자리를 카페로 옮겨서 다시 한번 그걸 써봐야 할지도.

근데 아까부터 계속 바구니를 보고 있네?

원래는 카페에 가서 주려고 했지만.

"이거 먹고 싶은 거죠?"

끄덕! 끄덕!

우선 먹기 편한 포도를 한 알 따서 줬다.

크기가 포도알보다 조금 더 큰 모습이라 양손으로 품에 안듯 잡은 모습이 퍽 귀엽다.

혹시 그래서 저 모습을?

사람의 방심을 이끌기 위해서?

근데 이 모습이 다른 사람한테도 보이지 않을 테니 소용없을 터.

진짜 물이 아니라 물의 모습을 한 아우라니까.

왠지는 모르겠지만 일단 카페로 돌아왔다.

다행히 아이 모습을 한 물은 안까지 잘 따라왔다.

두리번두리번.

주변을 돌아보면서 신기해하는 모습까지 정말 아이 같았다.

하지만 여전히 보이는 [우물을 잃은 우물의 정령]이라는 텍스트는 저 존재가 단순한 아이가 아니라는 걸 되새겨 줬다.

정령이라…….
정말 특별한 손님이 찾아왔다.
"여기 앉으시면 되는데…… 음."
자리에 앉기에는 우물의 정령이 너무 작다.
다행히 대충 알아들었는지 우물의 정령이 카운터 위 테이블에 그냥 앉았다.
작은 인형이 올려진 듯한 모습이었다.
'일단 앉혔으니까.'
순간 어떡하지? 라는 생각이 잠깐 들었지만 금방 해야 할 일을 찾았다.
조금 특별한 손님일 뿐이었다.
브라우니나 봉봉이, 미호와 같은 그런 손님.
아까부터 계속 허기 상태이니까 일단 먹을 걸 주기로 했다. 근데 과일 말고 먹을 수 있는 게 있나?
"이거 드릴까요?"
끄덕끄덕!!
대화는 일단 손짓, 발짓으로 했다.
목생의 재능을 합일해서 쓰는 건 오래 유지할 수도 없고 무리도 되니까 정말 최후에 써야 했다.
이렇게 해도 얼추 알아들을 내용이기도 하고 말이지.
바구니에 있던 과일들을 꺼내서 우물의 정령 앞으로 놓아 줬다.
그러자.
포로롱~

와구! 와구!

손바닥 크기도 되지 않는 작은 몸속으로 과일들이 사라지기 시작했다.

미호도 저렇게는 못 먹는데…….

'이거 부족할 것 같은데?'

줄어드는 속도로 보아 이걸로는 턱도 없을 듯했다.

얼른 과일을 더 가지고 왔다. 그리고 혹시 몰라서 과일 주스도 준비했다.

"이것도 드셔 보실래요?"

방긋! 방긋!

참외를 더 건네자, 환하게 웃은 우물의 정령은 참외 하나를 그대로 입에 다 털어 넣었다.

아니, 저렇게 먹으면…….

'이번엔 아우라가 아니라 과일이 동이 나겠는데?'

먹는 속도가 줄어들지 않았다.

이대로는 진짜 그럴지도 모르겠다.

바로 주스들에 소통 재능을 비롯한 금생의 재능들을 불어넣었다.

그러자 아우라가 깃들며 주스에서 빛이 났다.

포로롱~!?

그에 깜짝 놀란 듯한 정령은 주스가 든 컵으로 다가와 빙글빙글 돌았다.

그러더니 컵 위로 날아올라 그대로 주스에 얼굴을 집어넣었다.

쭈우우욱!!
주스가 정령의 입으로 빨려 들어갔다.
순식간에 주스 하나가 사라지고.
다음 컵의 주스가 사라지는 데도 오래 걸리지 않았다.
그리고 마지막 주스를 먹자…….
파앗!!
우물의 정령에게서 은은한 빛이 흘러나왔다.

5장

 우물의 정령에게 아우라가 스며들었다. 그리고 잠시 빛을 뿜었다.
 '허기 상태는 없어졌어.'
 텍스트 창에 보이던 상태 중 하나가 없어지면서 생긴 변화 같았다.
 하지만 다른 두 개의 상태는 그대로였다.
 쇠약과 불안정.
 저건 단순히 먹는 걸로는 풀 수 없는 건가? 나름 효과도 여럿 붙였는데도 저런 거면 아무래도 상태의 원인을 알아야 할 것 같았다.
 그래도 하나 더 얻은 게 있다면…….
 "배는 좀 부르세요?"

―응. 맛있어.

이거였다.

소통의 재능 덕분인지 드디어 대화가 통한다는 거였다.

이것만 해도 먹인 과일과 주스가 아깝진 않았다.

"원래 있던 곳에 우물이 있었던 건가요?"

―응!

근데 소통이라는 게 성숙한 그런 대화라는 뜻은 또 아니었다.

아이의 모습을 한 것처럼, 대화도 꼭 아이처럼 단편적으로 하는 우물의 정령이었다.

단답, 아니면 고갯짓으로 의사소통하는 모습에 이거 쉽지는 않겠구나 하는 생각이 드는 한편.

'텍스트창이 아니었으면 진짜 그랬을지도.'

개안의 재능으로 보이는 우물의 정령 상태 덕분에 어쩌면 쉽게 풀릴 수도 있겠다는 생각도 들었다.

우물을 잃은 우물의 정령.

그리고 쇠약과 불안정.

이 정령은 지금 우물을 대신할 무언가가 필요한 상태임이 분명했다.

"우물은 어쩌다 잃은 건가요?"

―인간이 막았어. 그래서 혼자였어.

여기까진 숙소 사장님에게 들었다.

자세한 건 아니었지만, 원래 땅 주인이 이미 우물을 폐쇄시켰다고 했으니까.

그 뒤로 소문이 안 좋아져서 땅을 싸게 샀는데 이상하게 우물이 있던 쪽만 공사가 자꾸 늦어졌다고 했던가?

'아마 이 우물의 정령 때문이겠지.'

집터나 혹은 어떤 땅을 잘못 건드리면 그 땅에 깃든 무언가에 의해서 벌을 받는다는 말이 있었다.

건축 쪽에서는 흔한 얘기였다.

건축주들도 그래서 미신을 꽤 많이 믿는 편이었고.

하지만 과학적 근거가 없는 그저 낭설로 취급되는 경우가 많았다.

그런데.

'그게 진짜였을 줄이야.'

물론 그런 일들의 전부가 지금과 같은 상황인지는 모르겠지만 적어도 그 숙소는 사실이었다.

우물의 정령에게서 우물을 잃게 만든 탓에 일어난 일.

그리고 지금 그 우물의 정령이 여기에 있었다.

"우물이 없으면 어떻게 되는 건가요?"

―떠돌아. 그리고 펑~! 터져.

"예?"

―응?

아니 그런 무시무시한 말을 저렇게 순진한 얼굴로 하다니.

터진다고? 폭발?

정확히는 몰라도 일어나면 좋을 것 같지 않았다.

"그럼 혹시 지금 여기에 온 이유는 뭔가요?"

―오라고 했으니까.

아 참, 그렇지.

내가 오라고 해 놓고 왜 왔냐고 묻다니. 질문을 좀 다르게 해야겠다.

―또 배고파졌어…….

"응?"

―우물 없어서 배고파. 계속.

"아아."

원래 우물의 정령이라서 그런 건가? 그게 없어서 배가 고픈 상태라는 걸 보니 우물이 일종의 밥줄이었다고 보면 되겠지?

근데 너무 효율이 안 좋은 거 아냐?

이미 꽤 먹었는데…….

"잠시만요. 더 드릴게요."

―응!

그래도 어쩔 수 없다.

일단은 더 먹이고 또 대화를 해 봐야 했다.

'……수박 한 통을 먹여 보자.'

텃밭에 가서 바로 수박 하나를 따 왔다.

그리고 크게 크게 썰어서 가지고 나왔다.

―우와! 맛있겠다! 물 많아!

수박을 보더니 좋아하는 우물의 정령.

한 덩어리에 달려들더니…… 순식간에 붉은 과실을 먹어 치웠다.

아까와 비교해서도 훨씬 빠른 속도였다.

거기에 그치지 않고 다른 수박 조각까지 순식간에 해치웠다.

―너무 맛있어!

"마음에 드셨나요?"

―응응!

반응 또한 아까와 달랐다.

어떤 차이일까.

'물?'

수박의 수분 양은 거의 90퍼센트에 육박한다. 그만큼 물이 많은 과일 중 하나라는 뜻이었다.

아까 수박을 보며 한 말도 생각해 보면 아무래도 저 정령은 물이 필요한 게 아닐까?

어쩌면 당연한 얘기일지도 모르겠다.

우물의 정령이 우물을 잃었다는 건 물도 공급받을 수 없다는 얘기니까.

'애초에 물로 만들어졌지.'

왜 그 생각을 못 했을까.

수박을 한 통 다 먹고도 아쉬운지 입맛을 다시는 정령의 모습에 얼른 다시 주방으로 들어왔다.

그리고 이번엔 우유를 꺼냈다.

수박 반 통을 잘라서 그 안을 긁어냈다.

비워진 수박 안에 우유와 긁어낸 수박 과육을 넣고 꿀도 조금 넣으면, 간단한 수박화채 완성.

당연히 이대로만 내놓는 것보다는 효과도 부여하면 좋을 테니 뭐가 좋을지 떠올려 봤다.
 근데 재능 중에는 소통 말고 넣을 만한 재능이 생각나지 않았다.
 이번에도 그냥 소통만 넣을까 하던 그때!
 '아. 그거.'
 적수성연.
 한 방울의 물이 모여 못을 만드는 효과.
 1년의 적용 기한을 가진 그 효과라면 지금 상태에 도움이 될 거 같았다.
 '조화가 아마, 역발산기개세, 끈기, 대기만성, 뚝심이었지?'
 조화로 토생의 재능들을 이용해 만들었다.
 그리고 수박화채에 불어넣었다.
 ─이거 뭐야? 나 주는 거야?
 "예. 드세요."
 ─고마워!
 참지 못하고 주방까지 들어온 정령은 아예 수박화채 속으로 들어가선 양손에 과육을 들고 먹기 시작했다.
 우유는 그냥 바로 입을 대고 마셨다.
 어떻게 보면 추잡할 수 있는데 정령이라는 존재가 저러고 있으니까 마냥 순수해 보인다.
 아마 아이의 모습인 영향도 없지 않아 있겠지만.
 어쨌든 수박화채도 금방 먹어 치웠다.

─배불러!

"이제 좀 채워졌어요?"

─응!

수박 반 통 안에 채워진 것들을 몽땅 먹어 치운 정령이 그 자리에 그냥 앉으며 말했다.

그래 보인다. 왠지 홀쭉하던 볼은 빵빵해졌고 배는 물론 팔다리도 뭔가 토실토실하게 변했으니까.

한층 더 아이처럼 변한 느낌이다.

다만 정령에게서 느껴지는 기운은 더 강해졌다.

포로롱~

정령의 주변으로 물의 기운이 가득했다.

물론 그렇다고 해도 아직 우물을 잃은 상태여서 그런지, 불안정과 쇠약은 그대로였다.

허기만 가셨을 뿐.

"이제 터지지는 않는 건가요?"

─아니. 오래 못 가…….

"그럼 어떻게 해야 될까요?"

정령도 배가 부르고 만족한 듯하니 그냥 물어봤다.

손님으로 온 이상 그냥 이렇게 보낼 순 없었다.

심지어 내가 초대했으니.

─터가 있어야 돼.

"터요? 무슨 터? 주변에는 우물이 없는데…… 아!"

혹시 마을에 오래된 우물 같은 게 있으려나?

천호리 마을은 꽤 예전에 형성된 곳이라 어쩌면 있을지

도 몰랐다.
 이장님한테 바로 물어봤다.
 그런데…… 의외의 답으로 돌아왔다.
 ─그거 자네 집에 있을 텐데?
 바로 우리 집에 있다는 말.
 그러고 보니 어릴 적 기억에 어렴풋이 있었던 것 같았다.
 따로 쓰는 우물은 아니라서 그냥 방치해 둔 우물.
 아마 거기에 내가 들어갈까 봐 할아버지가 막아 둬서 지금은 보이지 않았던 것 같은데…….
 '상태는 확인해야겠지만.'
 일단은 다시 물어보기로 했다.
 "우물이 있으면 거기에 자리를 잡을 수 있는 건가요?"
 ─으음…… 물의 기운이 가득한 땅이어야 돼.
 "물의 기운이요?"
 ─응!
 우리 집에 있는 우물에 물의 기운이라는 게 있을까?
 음, 물의 기운은커녕 물이라도 있으면 다행일 것 같은데.
 ─그래도 지금은 괜찮아!
 "어? 진짜요? 언제까지요?"
 ─어, 그, 그건 모르겠는데.
 시간을 묻는 말에 정령이 오동통한 손가락을 이리저리 펴면서 수를 세다가 이내 머리를 부여잡았다.
 역시 엄청 높은 지적 수준을 가진 건 아니었다.

그래도 알아들을 수 있는 만큼은 알아들으니 의사소통은 문제없었다.

시간을 세는 것 보니 당장 터질 일도 없는 것 같고.

"혹시 물의 기운이 있는지 없는지 확인은 할 수 있나요?"

―응!

그렇다면 우선 우리 집 우물부터 한 번 데려가 봐야겠다.

오늘은 조금 일찍 마감하기로 했다.

외부에서는 더 안 올 것 같고, 혹시 마을 사람 중에 찾아올 수 있으니 미리 얘기해 두기로 했다.

수아가 바로 안 된다고 말했지만. 어제 그제 운전해서 피곤하다고 하니 잠잠해졌다.

"그럼, 우물을 한 번 보러 가실래요?"

―진짜?

"예."

이렇게 말하니까 꼭 부동산중개인 같네.

뭐 틀린 말도 아닌가?

집 잃은 정령에게 집을 찾아주려는 거니까.

얼른 뒷정리하고, 혹시 모르니 수박 한 통 들고나왔다.

브라우니와 미호에겐 괜찮다고 카페에 있으라고 했다.

두 녀석은 여전히 경계 중이었다.

물론 우물의 정령은 신경도 안 쓰는 것 같지만…….

'더 상위 존재라고 봐야 하나?'

조금 의아하긴 하지만 아예 정령이라는 텍스트창이 보이는 걸 보면 그럴듯했다.

정령이라…… 새삼 놀랍네.

혹시 정령한테 우물을 찾아주면 미호와 브라우니처럼 나와 연결이 되려나?

그건 더 신기하겠는데?

"아까 저기에 있었던 것 같은데 저긴 자리를 못 잡아요?"

—응…….

다리를 지나면서 냇가를 가리켜 물으니 시무룩하게 답한다.

우물의 정령이라 그런가?

—대신 잠깐 머물 순 있어!

이유는 알 수 없지만, 어차피 존재 자체가 당장 내 상식으로 이해가 안 되기 때문에 그러려니 했다.

그리고 그렇게 도착한 우리 집.

대문을 열고 들어와 우물이 있었던 곳을 바로 찾았다.

한쪽 구석의 담장 아래, 먼지가 잔뜩 쌓인 곳이었다.

우물을 막아 놓기 위해서 주변에 담장을 하나 더 올려 놔서 까먹고 있었다.

"이걸…… 다 치워야 되네."

딱 봐도 땅에 박아 놓은 기둥들이 보였다.

이거, 힘 좀 써야 될 판이다.

—저거 치워 줄까?

"예? 저걸 치울 수 있어요?"

—응! 지금은 힘이 세니까! 인간이 맛있는 거 줬으니까 나도 해 줄게!

어떻게 하나 싶어서 한 번 지켜보기로 했다.
우물의 정령은 나무 기둥으로 다가가더니 양손을 펼쳤다.
그러자…….
포로롱~
물방울들이 그 앞에 모이더니 커다란 손을 만들었다.
그리고 그렇게 물로 만들어진 손은 거침없이 기둥을 뽑아냈다.
―후우―! 됐지?
"……어. 음. 예."
아직 우물의 정령 옆에 물 주먹이 남아 있어서 나도 모르게 공손하게 답했다.
이거, 진짜 보통이 아니잖아?
브라우니와 미호와는 차원이 달랐다. 이렇게 힘을 쓸 수 있다니.
'역시 보통이 아니네.'
마치 자연의 힘을 그대로 이용할 줄 아는 듯한 모습.
그래서 정령인가 보다.
그리고 그런 능력과는 별개로 참 좋은 객이 아닌가 하는 생각이 들었다.
딱 봐도 순수해 보이지 않는가.
아무튼, 이제 이 힘센 손님이 원하는 것을 확인해 줄 차례였다.
기둥이 뽑힌 자리에 드러난 우물은 오랜 시간 방치된

만큼 뚜껑마저 낡았다.

이거 안에 물이 있어도 문제고, 없어도 문제겠는데?

돌을 쌓아 올린 우물 주변에는 이끼도 가득했다.

……조금 불안했지만, 뚜껑을 열어 봤다.

"음?"

순간 시원한 공기가 열린 뚜껑 사이로 훅 올라왔다.

불쾌한 냄새나 기운은 느껴지지 않았다.

'설마?'

뚜껑을 완전히 치우고 안을 들여다봤다.

꽤 깊은 우물인 듯 바로 무언가가 보이진 않았다. 하지만 알 수 있었다.

안쪽 깊은 곳에서 물소리가 났다.

그리고 심지어 안쪽 돌벽의 상태도 괜찮았다.

녹색 이끼가 입구에는 좀 있긴 한데 안쪽으로는 안 보였다.

"여긴 어떠…….."

—와아아아! 여기 좋아!

풍덩!!

말이 끝나기도 전에 뭔가 얼굴 옆을 휙 지나갔다. 그리고 우물 깊은 속에서 뭔가 물에 빠지는 소리가 나면서…….

팟!!

"윽!?"

우물 위로 빛과 함께 하얀 운무가 뿜어졌다.

나도 모르게 뒤로 물러서며 그 광경을 보는데.

스르륵!

무언가 운무를 뚫고 올라왔다.

뭔지는 알려고 하지 않아도 알 수 있었다.

정령.

'저게 진짜 우물의 정령 모습인가?'

주먹보다도 작았던 그 아이 같던 정령이 아닌, 성인의 모습으로 신비롭게 빛나는 정령이 눈앞에 있었다.

우물의 정령이 눈을 떴다.

아이의 모습을 때보다 더욱 진하고 깊어진 푸른 눈동자와 눈이 마주쳤다.

마치 내 머릿속까지 꿰뚫을 것 같은 눈빛.

하지만 그 전에 그 눈빛이 머릿속까지 가지 못하게 막는 게 있었다.

[여왕의 증표].

살짝 볼이 따끔하더니 머릿속을 차갑게 만들어 줬다.

―이런. 은인께 실례를 범할 뻔했사옵니다. 너무 오랜만이라……

그런 내 모습을 보고 정령이 당황한 듯 말을 했다.

그런데 그 말투가 아이 모습을 때와는 전혀 달랐다.

무슨 옛날 사극에서나 나올 것 같은 말투였다.

"그게 본래 모습인 건가요?"

―예. 그렇사옵니다.

"그럼 지금 저 우물에 자리를 잡은 거죠?"
―그건 아니옵니다. 주인의 허락이 없어 잠시 객이 되었을 뿐이지요.
"주인이요?"
―예.
적응하기 조금 어려운 말투긴 한데…….
어느새 한복까지 차려입은 정령의 모습이라 그게 또 어울리는 것 같기도 했다.
정말 신기한 거 많이 보네.
그건 그렇고.
우물의 주인이라면 역시…….
"혹시 그 주인이 저인가요?"
―그렇사옵니다.
나였다.
그게 집의 주인이기 때문에 그런 건지는 모르겠지만. 아무튼 정령이 저렇게 말했으니 맞겠지.
그럼 어떻게 저 정령이 저기에 자리를 잡는 걸 허락할 수 있는 걸까?
그리고 자리를 잡으면 어떤 변화가 있을까?
해로운 존재 같지는 않지만, 그렇다고 마냥 이로운 존재라고 보기도 어려웠다.
숙소 사장님 말에 따르면 공사를 방해한 셈이니까.
그리고…….
'김복순 할머니도 우물 요정에 대해서 그렇게 얘기했지.'

설화 같은 얘기긴 했지만 지금 보니 그 설화의 주인공이 앞에 있는 것 같았다.
그렇다면 완전 와전이 된 게 아니라면 어느 정도는 맞을 터.
할머니가 말씀해 준 우물의 요정은 마을의 풍요를 물어다 줄 수도 있지만 그 반대가 될 수도 있다고 했다.
그래서 마을에 우물이 있으면 그걸 관리하는 사람이 그 마을의 우두머리라는 말도 했다.
얼핏 들으면 결국 마을의 권력자에 따라서 그 마을의 흥망성쇠가 이뤄진다는 교훈적인 얘기인 줄 알 것 같은데…….
진짜 요정 같은 정령이 있다면 또 말이 다르지.
'관리만 잘하면 정말 풍요를 줄 수 있을지도.'
물론 그 반대가 되면 오히려 역효과를 받을 수도 있긴 했다.
바닷가에서 머물렀던 숙소처럼 말이다.
아마 거기서 이 정령을 데리고 오지 않았다면…… 그 숙소는 아마 망하지 않았을까.
그 숙소 사장님 입장에선 조금 억울할 순 있었다.
땅을 사기 이전에 이미 우물이 폐쇄됐으니까. 그리고 그 우물에 정령이 살 거라고는 생각도 못 했을 테니.
'그 말은 즉, 나는 정령의 존재도 알고 우물도 살아 있으니 그런 일은 없을 거라는 뜻이지.'
그러려면 우선 자리를 잡는데 허락부터 해야 하긴 했다.

"혹시 제가 어떻게 해야 자리 잡는 걸 허락할 수 있는지 알 수 있을까요?"

―아, 그건 터주께서 이미 아실 것이옵니다.

"제가요?"

―예. 터주께선 이미 그 땅들을 가지고 있으십니다. 이곳을 그 하나로 삼으소서.

정령의 말에 생각나는 게 있었다.

바로 쉼터들.

그리고 그걸 관리하는 터의 관리 재능.

'우물도 거기에 포함이 되면 될 것 같은데?'

쉼터를 만들 때를 생각해 봤다.

보통 어떤 특수한 조건을 맞추게 될 때 등록할 수 있었다.

한 발짝 물러서 우물을 살폈다.

그러자 우물 위로 텍스트창이 보였다.

▶생명의 샘(임시)
*상태
―내부는 비교적 멀쩡하나 외부 손상 및 오염 심함.
―생성 가능(조건: 정갈한 내, 외관)
*잠재효과
―생기의 회복
―풍요 기원

일단 쉼터로 만들 수 있는 건 확인했고…… 근데 효과가 이거 심상치 않았다.

생기의 회복에 풍요 기원이라니.

정령이 하나 깃든다고 이런 효과를 얻을 수 있는 건가?

이건…… 무조건 해야 한다.

심지어 터의 관리로 우물까지 넣으면 집까지 카페에서 감각으로 느낄 수 있었다.

찾아오는 사람은 없지만, 그래도 혹시 찾아오는 사람이 있으면 바로 알 수 있다는 말이었다.

큰 이점은 아니지만 어쨌든.

"이거 시간은 조금 걸리긴 할 텐데 그때까지 괜찮을까요?"

―저도 도와드리겠사옵니다.

응? 보아하니 쉼터로 만들려면 우물을 청소해야 하는 듯했다.

그런데 아까 보니까 물을 이용해서 물리적인 영향을 행사할 수 있는 것 같았다.

그렇다면.

"혹시, 물로 여기 청소 좀 해 줄 수 있을까요?"

―문제없사옵니다.

"그럼, 여기 주변하고 안까지 부탁드리겠습니다."

―예.

이거 손 안 대고 해결할 수 있겠다.

아까처럼 앞으로 나선 우물의 정령의 주변으로 물방울

이 모였다.
 근데…….
 '아이 모습일 때랑은 차원이 다른데?'
 물방울의 규모부터 달랐다.
 거의 사람보다 크게 모였다.
 그리고 그게 마치 소용돌이처럼 회전하면서, 이거 그냥 저렇게 둬도 괜찮나 싶을 정도로 바람이 불었다.
 진짜 물이 아니고 아우라로 이뤄져서 다른 사람들에겐 안 보이긴 하겠지만.
 '사람들이 있을 땐 쓸 수 없겠네.'
 있을 때 쓸 일도 없을 것 같으니 크게 문제는 없었다.
 그보다…… 눈앞에서 저런 비현실적인 광경이 펼쳐지고 있는데 이런 생각을 하고 있었다니.
 나도 이제 이런 신비한 일에 적응이라도 한 걸까?
 또 잠시 쓸데없는 생각을 하는 사이, 물로 이뤄진 소용돌이는 우물 주변부터 훑고 지나갔다.
 그리고 이내 우물 전체를 감쌌다.
 소리는 없었다. 하지만 볼 수는 있었다.
 소용돌이 속에서 일어나고 있는 기적을.
 지저분하게 자란 이끼는 사라지고 원래 돌의 색으로 돌아오고 있었다.
 아마 그건 내부도 비슷할 듯했다.
 "저, 근데 괜찮으세요?"
 ─괜찮사옵니다. 이곳에 자리만 내준다면 금방 회복할

수 있……?!

그 순간, 한복을 입은 성인 여성의 모습에서 점점 아이의 모습으로 돌아가는 정령.

그리고 마지막엔 결국 처음 봤던 모습이 됐다.

―조, 조금만 더 하면 되는데……!

문제는 아직 이 우물이 쉼터로 변하지 않았다는 것.

아이의 모습으로 변한 정령이 안쓰러운 모습으로 손을 뻗었다.

하지만 이미 물의 소용돌이는 점점 힘을 잃고 있었다. 정령의 말투도 어느새 아이처럼 변했다.

'이렇게 끝내면 안 될 것 같은데?'

내가 더 힘든 건 둘째 치고, 왠지 이렇게 마무리하면 쉼터가 되지 않을 것 같다는 예감이 들었다.

뭐라도 해야 한다. 뭘 하지?

"아!"

마침 김복순 할머니와 이규남 아주머니가 주고 간 재능이 떠올랐다.

회생.

지금 딱 정령에게 필요한 힘이었다.

원래 회생의 재능으로 분류가 되면 다른 특별한 효과를 넣는 데 쓰지만. 이번에는 이 재능 자체가 필요했다.

'극복으로 회생 재능을 불어넣으면?'

지금은 복잡한 생각을 할 시간이 없었다. 지금도 물의 소용돌이는 작아지고 있었으니까.

얼른 수박을 들었다.
그리고 반으로 자르고 또 반으로 잘랐다.
4분의 1조각이 된 수박에 바로 재능을 불어넣었다.
'됐다!'
회생 재능이 수박에 스며든 걸 확인한 뒤 얼른 정령에게 줬다.
"얼른 먹어요!"
―응!
정말 게 눈 감추듯 수박이 사라지고.
우우웅!!
―됐어!
정령의 말과 함께 마지막 불꽃처럼 소용돌이가 커졌다가 그대로 흩어지며 우물의 모습이 드러났다.
깨끗하게 씻긴 우물은 밖에도, 안에도 먼지 하나 안 보였다.
'……끝났나?'
겉은 일단 깨끗했다. 안에도 눈에 보이는 곳은 깨끗했다.
하지만 저 깊숙이 물이 있는 곳까진 모르겠다.
물은 마실 수 있으려나?
안까지 청소한 것 같긴 한데.
그래도 굳이 마실 생각은 하지 않았다. 어차피 여기에 정령이 깃드는 게 중요한 거지 물을 마시는 게 중요한 건 아니니까.

청소가 된 우물을 붙잡고 터의 관리를 사용했다.
그러자.

▶생명의 샘(정령)
*효과
─생기의 회복
─풍요 기원

터의 하나로 자리를 잡았다.
그리고 그곳에 정령도 자리를 잡았다.
샤라라랑~
우물의 정령 몸에서 푸른빛의 아우라가 피어올랐다.
마치 깊은 곳의 맑은 물처럼 푸른 그런 아우라였다.
그렇게 피어오른 아우라는 우물은 물론 마당부터 집까지 전부 감쌌다.
─후아!
정령의 기합 소리와 함께 물방울로 화한 푸른 아우라가 곳곳에 스며들었다.
그중에 일부는 내게도, 그리고 우물에도 스며들었다.
그리고.

〉수생(3성)
〉생령의 정수

"어?"
두 가지를 동시에 얻었다.

　　　　　＊　＊　＊

 조금은 꿈같은 이야기들이 펼쳐졌다.
 정령이 나타났고, 또 그 정령이 우리 집 우물에 자리를 잡는.
 동화책으로 나와도 이상하지 않은 이야기였다.
 하지만…….
 사라랑~
 눈앞에 보이는 광경은 그게 진짜라고 말해 주고 있었다.
 우물 위에 걸터앉은 정령이 하늘을 올려다보며 짧은 발을 동동 굴렸다.
 그 모습이 진짜 정령 같았다.
 달빛에 그대로 통과돼서 더욱 푸르게 보이는 요정.
 이 세상의 존재가 아닌 듯한 그 모습을 보고 있노라면 이곳도 다른 세상처럼 느껴졌다.
 미호와 브라우니를 볼 때면 가끔 그런 생각이 들었는데, 정령은 아예 또 다른 차원이었다.
 "이것 좀 먹을래?"
 ─응!
 "그럼 이것 좀 씻어 줄 수 있어?"
 ─기다려!

우물의 정령에게 자두가 든 바구니를 가져가며 물었다. 그러자 곧 우물에서 물이 올라와 자두를 씻었다.
 이번엔 아우라로 만들어진 물이 아니라 진짜 물이었다.
 그것도 우물의 물.
 정령의 말로는 자신이 다 정화해서 먹어도 전혀 문제가 없단다.
 오히려 자주 마시면 건강에 좋다고.
 다소 허풍 같은 말이었지만 정령의 말이라 안 믿을 수도 없었다.
 "아 참. 말 편하게 하는 건 진짜 괜찮은 거 맞지?"
 ―괜찮다! 인간의 언어로 전달하는 것뿐이니까.
 아, 그리고 말은 편하게 하기로 했다.
 아까 그 한복 입은 성인의 모습이면 모를까, 아이의 모습을 한 정령에게 계속 존대하기엔 어색했기 때문이다.
 물론 겉모습으로만 그렇게 생각하면 안 되긴 한데.
 '그것도 어느 정도지.'
 수아보다 더 어릴 것 같은 모습이었다.
 사회에 물든 내겐 쉽지 않았다.
 다행히 정령은 전혀 개의치 않았으니 서로서로 편하게 하기로 했다.
 그나저나, 또 터가 하나 늘었다.
 그것도 정령이 깃든 터. 이젠 다음에 어떤 일이 있을지 예상도 안 된다.
 ―그거 안 먹을 거야?

"응? 아. 하나 더 줄까?"

―응!

딴생각하는 사이 정령은 자두를 벌써 하나 다 먹었다.

하나 더 건네면서 나도 남은 하나를 먹었다.

뭐, 또 신비한 일이 있으면 어떤가.

이렇게 풀면 되겠지.

너무 깊게는 생각하지 않기로 했다. 그보다 중요한 점은 결국 손님으로 온 정령에게 진짜 쉼터를 내준 거였다.

"거긴 마음에 들어?"

―응! 너무 좋다! 이것도 좋다! 땅의 기운이 듬뿍 들어갔다!

"응? 땅의 기운?"

마당의 우물에 만족하는 정령의 모습에 나도 기분이 좋아지던 찰나.

정령의 말에 고개를 갸우뚱했다.

자두에는 따로 재능도 아우라도 불어넣지 않았다.

그런데 웬 땅의 기운?

―여기에 땅의 기운이 있다! 물론 아까 먹었던 것보다는 미약하지만.

"아까 먹은 거면 수박?"

끄덕끄덕!

정령의 말에 알 수 있었다.

이장님의 밭에서 난 작물이 맛있었던 이유를.

거기도 호랑이 쉼터의 텃밭만큼은 아니더라도 좋은 땅

이었던 모양이다.
 땅의 기운이 작물에 스며들 정도의. 그리고 또 하나.
 '정령이 생각보다 많은 걸 알고 있을지도.'
 그동안 궁금했던 호랑이 쉼터의 능력과 관련해서 알고 있는 게 있을 것 같다는 느낌이 들었다.
 물론 지금 상태 말고 성인의 모습일 때 더 많이 알고, 또 말해 줄 수 있을 것 같아서 당장은 알 수 있는 게 많지는 않을 것 같지만…….
 그거면 됐다.
 우물에서부터 흘러나오는 아우라가 내게 스며드는 것을 느끼며 마루에 그대로 누웠다.
 밤하늘의 별들이 반짝거렸다.
 그리고 그런 별들을 담은 정령도 반짝거렸다.
 지잉! 징!
 그때, 폰이 진동을 울렸다.
 ─아저씨! 내일 저 서울 가는데!
 수아의 문자가 화면에 떠올랐다. 그러고 보니 내일이었나?
 수아가 서울로 올라가는 전날에 한 번 더 모이기로 했는데 깜빡했다.
 정령이 워낙 충격적이어야지.
 다행히 늦은 밤은 아니라서 간단하게 이장님 댁으로 모이기로 했다.
 이유는 간단했다. 거기가 제일 넓으니까.

"수아가 없으면 마을이 한동안 조용하겠어."

그리고 사실상 이장님이 수아의 서울행을 제일 아쉬워했기 때문이다.

아무래도 마을을 시끌벅적하게 만드는 아이라서 그 빈자리가 더 클 터.

그래서 결국 또 모였다.

휴가를 갔다 온지 얼마 안 돼서 또 보는 얼굴들인데 그래도 반갑긴 했다.

"아저씨! 오늘 왜 그렇게 일찍 닫은 거예요! 민초프 먹으려고 했는데."

"그냥 오늘 좀 피곤해서 닫았다니까?"

"아이참! 이러다 저 없으면 더 빨리 닫는 거 아니에요? 걱정된다, 걱정 돼."

근데 나는 왜 수아에게 이런 잔소리를 들어야 하는 거지?

저 잔소리는 민초프를 먹지 못해서 나오는 건지, 진짜 걱정돼서 그런 건지 모르겠네.

"가기 전에 만들어 줄게. 됐지?"

"프히히! 네!"

전자였구만.

장난스럽게 웃는 수아의 모습에 나도 마주 피식 웃음을 터트렸다.

이장님만 아쉽진 않을 듯했다.

나도 조금은 아쉬울 듯.

그래도 여름이 다 지나기 전에 다시 올 거니까 그리 긴 시간은 아닐 듯했다.

나야 카페에서 손님들 받고 하면 금방 갈 듯한데.

"가서 사고 치지 말고."

"제가 어린앤 줄 알아요?"

"응."

"프히힛!"

잘 지내려나 모르겠다.

시아가 같이 가서 좀 낫긴 하겠는데.

"짜잔! 이거 방학 프로그램이에요."

수아가 종이를 들고 와 모두 앞에서 보여 줬다.

거기엔 날짜별로 거기서 할 프로그램들이 계획되어 있었다.

생각보다 꽤 알찼다.

그냥 마냥 연습생처럼 춤, 노래 연습하는 게 아니라 공연이나 콘서트를 보러 가는 것도 있었다.

"와! 여름 페스티벌도 가는구나?"

"네! 대박이죠?"

"그러게. 이거 표 구하기도 어렵다던데."

"언니는 다음에 제가 데뷔하면 꼭 초대할게요."

"정말?"

"네!"

이제 겨우 연습생 체험하러 가면서 아주 아이돌 다 됐네.

한송이가 수아의 말에 흐뭇한 표정을 지었다.
"아 참. 펜션 사장이 자네가 꽤 마음에 들었나 보더군. 이것 좀 전해 달라고 하던데."
"예? 펜션 사장님이요?"
인원이 많다 보니 각자 또 찢어져서 따로 대화를 나누던 와중에 이장님이 뭔가를 건네셨다.
펜션 사장님이 주신 거라는데.
"그 양반 원래 사람 좋아하긴 해도, 이렇게 뭘 주는 경우는 없는데 말이야."
"그런가요?"
"혹시 뭐 해 준 게 있나?"
"아뇨. 딱히."
우물의 정령을 데려오긴 했는데, 그걸 펜션 사장님이 알 리는 없을 테고.
혹시 그때 잠깐 얘기를 나눌 때 펜션 구조나 인테리어에 하면 좋은 것들, 하면 안 되는 것들 이것저것 관련해서 얘기해 준 것 때문인가.
뭔지는 정확히는 모르겠지만 좋게 봐줬다니 나야 나쁠 게 없었다.
근데 뭘 주신 거지?
상자인데 꽤 크다. 열어 보니…… 그곳엔 웬 박이 하나 있었다.
"이거 혹시 두레박 아니에요?"
"으응? 그런 것 같은데?"

나무로 만들어진 오래된 두레박이었다.

설마 내가 우물에 대해서 물어봐서 이걸?

"이런 건 뭐 하러 줬대? 젊은 사람한테. 그 친구도 참, 게나 좀 보낼 것이지."

상자 안을 본 이장님은 고개를 저으며 말했다.

살짝 먹는 걸 기대 하셨나 보다. 하지만 나는 오히려 좋았다.

[우물 두레박]
*상태
—낡아서 사용 불가
*잠재 효과
—우물의 효과 강화

예상하지 못한 게 나왔으니까.

'원두 그라인더 같은 건가?'

일종의 쉼터를 도와주는 물건 같은 것 같았다.

여기저기 손을 보면 쓸 수 있을 듯하니.

우물의 정령도 좋아할지는 모르겠지만 일단은 가져가 보기로 했다.

그나저나 우물의 정령에게도 이름을 지어 줘야 하나?

아니면 이미 이름이 있으려나?

이것도 한번 물어봐야겠다.

여태까지의 일들로 생각해 봤을 때 이름은 굉장히 중요

했다.
 미호와 브라우니도 그랬지만 나도 그랬다.
 명함 겸 쿠폰으로 완전히 정의한 뒤에야 진짜 터의 주인이 되었으니까.
 집에 돌아가면 한번 물어봐야겠다.
 그래서 우선은 선물로 받은 두레박을 잘 챙겨 뒀다.
 나중에 또 혹시 그 펜션에 가게 되면 뭐라도 챙겨서 가야겠다.
 "아 참. 이거 좀 드세요. 감자 빵 좀 만들었습니다."
 "으응? 감자 빵?"
 "네. 감자가 맛있어서 괜찮더라고요."
 "호오? 생긴 게 진짜 감자처럼 생긴 빵이구먼. 자자, 다들 이것 좀 먹자고."
 가지고 온 감자 빵을 이장님과 함께 나눠 줬다.
 다들 한 입씩 먹고 호평을 했다.
 역시 재료 자체가 좋으면 맛이 없을 수가 없었다.
 아무튼 다들 잘 먹으니 기분은 좋은데…….
 "수아, 넌 별로야?"
 "아니요. 맛있어요."
 "근데 왜 표정이 그래."
 "맛있는데. 이거 이제 방학 동안 못 먹잖아요."
 "……겨우 두 달 못 먹는다고 그렇게 시무룩하다고?"
 아까까지만 해도 신나서 들떠 있더니 인제 와서?
 정말 예상을 할 수 없는 아이였다.

감자 빵을 깨작깨작 먹고 있는 수아의 모습에 고개를 절레절레 저었다.

"가끔 택배로 보낼게. 바로 먹는 것만큼은 안 되더라도 빵 같은 건 빨리 보내면 그래도 괜찮으니까."

"히잉."

택배로 보내 주겠다는 말에도 수아는 기분을 차리지 못했다.

그렇게 아쉬운 건가.

"그냥 아저씨도 와서 옆에 카페 차리면 안 돼요?"

"……되겠냐?"

호랑이 쉼터는 일반적인 곳이 아니다. 특별한 힘이 깃든 곳이었다.

당연히 다른 곳에 똑같은 카페를 차린다고 해서 이 특별한 힘이 옮겨지진 않을 터.

'애초에 터에서 나오는 힘이니까.'

터는 땅이다. 그 땅의 것이 가진 힘이니 함부로 옮길 수 없다.

그리고 애초에 10년 계약이 있기도 했고.

제아무리 수아가 그래도 일일이 붙어 있기는 힘들다.

"치이."

"막상 가면 생각도 안 날 거다. 여기야 딱히 할 게 없으니 이런 재미라도 있는 거지."

도시는 시골과 다르게 접할 수 있는 기회들이 정말 많았다.

이런저런 경험을 하다보면 두 달은 정말 금방 지나갈 거다.

그러니 시무룩한 수아의 머리를 쓰다듬어 주며 아쉬워하는 것을 달랬다.

'수아한테 두 달은 긴 시간이겠지.'

어른과 아이의 시간은 다르게 흐른다. 아직 아이인 수아에겐 두 달이 정말 길게 느껴질 것이다.

"내일 뭐 먹고 싶은지나 고민해 봐."

"앗! 민초프! 민초프 곱빼기!"

"……민초랑 혹시 뭐 관계있어?"

"프히히!"

나중에 민트 초코 프라푸치노를 만들어 먹을 수 있는 밀키트라도 만들어서 줘야 하나?

어렵지 않을 것 같긴 했다.

비율만 맞춰서 소포장하면 되니까.

만드는 것 자체는 쉬운 편이었다.

재료야 여기서 올려다 보내면 되고.

한 번 생각을 해 봐야겠다.

텃밭에서 나는 작물로 쇼핑몰까진 열 수 없겠지만 이렇게 지인들에겐 줄 수 있을 테니까.

시간은 금방 흘러 금방 늦은 밤이 됐다.

이미 늦은 시간에 모인 거라서 다들 일단 집으로 돌아갔다가 내일 수아가 떠나기 전에 카페에 모이기로 하고 헤어졌다.

'아, 그러고 보니 수호도 전지 훈련 간다고 했는데.'

그것도 송별회를 해야 하나?

수호는 딱히 그런 생각은 없는 것 같으니까 주소나 따로 받기로 했다.

그렇게 집으로 돌아왔다.

그리고.

포로롱~

"이거 어때? 알아?"

곧장 우물의 정령에게 두레박을 건네며 물었다.

―우아! 이거 어디서 났어? 내 친군데! 근데…… 이제 같이 못 놀 것 같아…….

"고쳐 줄게."

―응! 고마워!

우물의 정령이 두레박을 보더니 굉장히 좋아했다.

하지만 이내 두레박의 상태를 보고는 실망한 표정을 지었다. 아마 상태가 안 좋아서 그럴 터.

'기억은 하고 있는 것 같으니까 고쳐만 주면 되겠네.'

목공의 재능을 쓰면 고칠 수 있을 것 같으니까 내일 카페에 가서 고쳐서 오기로 했다.

그럼 다음은.

"너 혹시 이름은 있어?"

―이름? 난 그냥 난데?

"우물의 정령 말고."

―없어! 있어야 돼?

"꼭 그런 건 아닌데 계속 너라고 하긴 그렇지 않아?"
―터주는 이름 있어?
"난 천유진이라고 해."
이 녀석의 지적 능력은 역시 수아보다 더 어리다.
성인의 모습이 되면 다르겠지만.
아무튼 이름은 없는 것 같고.
―우아! 나도 이름 할래!
"그래?"
―응! 천유진! 나도 천유진!
"……그건 안 되는데."
―왜?
"어, 그러니까 내 이름이니까?"
―그래?
너무 순수한 질문이라 답하기가 더 어려운 듯했다.
우물에 걸터앉아서 고개를 갸우뚱하는 순수한 표정의 정령.
"이름이라는 건 자신을 정의하는 거야. 그러니까…… 내가 누군지 얘기하는 거지."
이렇게 설명하면 어려운가?
사실 나도 말을 하자니 좀 헷갈리는 것 같기도.
다른 애들은 그냥 지어 줬는데…….
"네 이름, 없으면 내가 지어 줘도 될까?"
―정말? 응! 좋아!
"그럼, '수정' 어때?"

―수정?

"물의 요정이라는 뜻이야."

그리고 생긴 것이 수정처럼 투명한 것도 있으니까. 이중적인 의미로 좋아 보였다.

애의 정체는 우물의 정령이긴 하지만 지금 모습만 보면 물의 요정이라고 해도 이상하지 않았다.

―앗! 좋아!

그리고 녀석도 마음에 드는지 고개를 끄덕였으니.

"그럼 넌 이제 수정이야."

―응!

이렇게 그냥 지어 주면 간단한 것을 멀리 돌아갈 뻔했네.

정령의 이름이 정해졌다.

그러자……

샤라라랑~

수정이의 몸에서 아우라가 흘러나왔다.

예상했던 거라 놀라진 않았다. 이미 몇 번 경험했으니까.

수정이는 자신의 몸에서 아우라가 나오는 게 신기한지 이리저리 손을 휘저었다.

그러더니!

팟!

녀석의 등에서 작은 날개가 펼쳐졌다.

―우아! 날 수 있다!

수정이 진짜 요정이 된 거처럼 우물 위를 날아다녔다.

녀석을 따라 흩뿌려지는 물방울이 달빛에 반사되어 보석처럼 땅에 떨어졌다.

*적용 효과
〉생명의 가호

그리고, 새로운 효과가 생겼다.

　　　　　　　＊　＊　＊

다음 날 아침.

수아는 어젯밤 시무룩했던 것과 다르게 아침 일찍 조용히 떠났다.

눈도 제대로 못 뜬 채로 잠결에 비몽사몽 한 채 떠나서 왜 어제 그렇게 요란했는지 모르겠다만.

그리고.

'원래 내가 데려다주려고 했는데.'

이장님이 마침 일이 있다고 데려다주신다고 했다.

나야 그래 주면 감사했다.

서울까지 운전해서 가는 게 그렇게 쉬운 일은 아니니까. 특히 나는 수아만 데려다주고 바로 와야 하니.

'아, 고나은 씨 보려고 했는데.'

이건 좀 미리 얘기해 뒀어야 하는 거라 조금 신경이 쓰이긴 했다.
 그래서 문자라도 먼저 남겨 뒀다.
 바로 연락이 오지 않는 걸 보면 바쁜 듯하니 오히려 잘 됐다.
 나중에 시간 나면 연락을 하겠지.
 "왠지 조용하네."
 사실 이 시간에는 원래 수아가 없으니 조용한 게 일상이긴 했는데 묘하게 그런 느낌이 들었다.
 "그러게요."
 한송이가 고개를 끄덕이며 내 말에 동의했다.
 이선아와 강도윤은 이장님을 대신해서 밭일하러 갔다.
 이제 아주 일꾼이 다 된 둘이었다.
 저러다 둘이 눈 맞는 건 아닌가 싶네.
 원래 힘든 일을 서로 의지하면서 하다 보면 정도 생기고 그러니까.
 실제로 그래서 사내 연애도 많지 않은가.
 물론 나는 없었지만.
 '왜 없었지?'
 아, 회사에 여자를 보는 게 하늘의 별 따기였지.
 "근데 오빠."
 "어? 어어."
 한송이가 나를 불렀다.
 호칭은 아직 적응이 안 됐지만 시간이 해결해 주겠지.
 "혼자 또 뭐 좋은 거 먹었어요?"

"응?"
"아니. 얼굴에서 이제 광이 나는 것 같은데요?"
"그, 그래?"
한송이의 말에 괜히 볼을 매만졌다. 특별한 걸 먹진 않았는데.
'생명의 가호 때문인가.'
잠도 푹 자고, 아우라를 어제 꽤 많이 썼는데도 몸속에 충만하게 있었다.
수정이란 이름을 붙여 주고 얻은 이 효과는 또 어떤 건지······.
"잠을 푹 자서 그렇지 뭐. 커피 줄까?"
"그런가? 네!"
하루를 시작하면서 알아보기로 했다.

* * *

한송이는 커피를 마시며 잠시 테이블에 앉아서 한가로이 시간을 보내게 두고. 나는 잠시 창고에 왔다.
"이 정도면 되려나."
창고에 있는 목재들도 생각보다 많이 사용했다.
이것저것 만들기도 했으니까.
특히 요새 실내에서만 뒹구는 랑이를 위해서 캣타워를 만드는데 꽤 썼다.
열 받게도 랑이는 그 캣타워 보다 그냥 테이블에 올라

가는 걸 더 좋아했지만.
"뜯어 버릴까."
다시 그 모습을 보니 캣타워를 뜯을까 생각이 들었지만, 일단은 그냥 두기로 했다.
열 받긴 하지만 또 가끔 쓰기도 하니까.
그리고 저걸 뜯는다고 목재를 원래대로 돌리지는 못한다. 그러니 정 안 쓰면 그때 뜯든지, 다르게 개조하든지 할 셈이다.
"……일단 이거부터 마저 쓰자."
남은 목재들을 다 들고 왔다.
그리고 노트북을 켜서 어제 측량한 우물의 크기를 띄웠다.
두레박은 복원해서 그대로 쓸 거지만, 두레박에 연결되는 우물 집은 새로 만들 생각이다.
이미 터로 자리를 잡았으니 꼭 그럴 필요는 없었지만, 왠지 그편이 수정이가 지내기 좋을 듯했으니까.
그러려면 우선 우물을 좀 더 높이고 그 위에 지붕을 얹는 형태로…….
"이렇게 하면 되려나."
"뭐 하세요?"
"아, 집에 우물이 있길래 그냥 두기 뭐 해서."
"아하! 우물! 와~ 멋있겠어요!"
"……아직 안 만들었는데?"
이 사람이?

물론 설계는 대충 해 놨다.
어렵지 않은 구조라서 딱히 설계랄 것도 없지만.
그런데 그런 걸 보고 멋있겠다고 하다니.
"꼭 요정이 살 것 같아요!"
"요정?"
한송이가 설계도를 보더니 감탄을 하며 말했다.
순간 움찔했지만 알고 하는 말은 당연히 아니었다.
"네. 신기하다~ 집에 이런 우물 있으면 되게 좋을 것 같아요. 저도 하나 팔까요?"
"……판다고 우물이 나오진 않아."
"그런가요? 아쉽다아~"
해 보고 싶은 게 참 많은 사람이다.
집에 우물을 파 보고 싶다니. 대공사는 물론이고 공사에 드는 비용, 기간, 또 유지 및 관리까지.
사실 우물은 쉽게 생각하면 안 되는 일이었다.
나야 정령이라는 존재가 관리를 해 줄 수 있으니 열어 본거지.
아니었다면 나도 열어 보지 않았을 거다. 할아버지도 그래서 감춰 뒀을 터.
일반 주택에선 차라리 없는 게 나았다.
"괜찮은 것 같아?"
"이거요? 완전요! 근데 이거 만들 수 있어요?"
"그럴 걸?"
"와~ 오빠 진짜 손재주가 좋네요?"

한송이의 말에 어깨를 으쓱했다.
 칭찬은 좀 부끄럽지만 어쨌든 우물에 올릴 구조물의 디자인도 괜찮다고 하니. 슬슬 만들어 보기로 했다.
 "나 이거 만들 건데······."
 "저는 신경 쓰지 마세요. 조금 쉬다가 알아서 가겠습니다~"
 "그래."
 단골은 이래서 좋다.
 한송이는 카페에 두고 공터로 나왔다.
 햇살이 벌써 내리쬐고 있어서 그늘로 피했다. 그리고 가져온 목재를 톱질하기 시작했다.
 '신기하네. 원래였으면 더워야 하는데.'
 힘들지도 않고, 덥지도 않다.
 원래도 음료의 효과로 어느 정도 버틸 순 있지만, 그건 이런 극한의 환경이면 빠르게 지속 시간이 줄어들었다.
 아우라도 여름이라는 계절까지는 이길 수 없으니 금방 지쳐야 정상인데.
 '생명의 가호.'
 어제 수정이란 이름을 붙여 주며 얻은 효과의 힘은 대단했다.
 진짜 말 그대로 온몸에 생명이 가득했다.
 "생각보다 금방 끝내겠는데?"
 지치지 않는다면 오전 중에 끝낼 수 있을 듯했다.
 슥삭! 슥삭!

톱질을 하고, 또 대패로 면을 다듬고. 사포를 이용해 마무리까지.

"두레박은…… 이 정도면 되겠는데?"

[우물 두레박]
*효과
―우물의 효과 강화

상태가 사라지고 효과만 남은 걸 보니 제대로 수리가 된 것 같다.

이건 그럼 됐고.

그럼 이제 나머지 보너스 부분을 만들어 볼까?

근데 체력은 괜찮은데 갈증은 좀 난다.

물 좀 마시고…….

―물 줄까?

"응?…… 너?"

갑자기 난 소리에 고개를 돌리니 수정이 옆에서 날아다니고 있었다.

얘는 언제 왔지? 그보다 이렇게 와도 되나?

"너, 우물에서 얼마나 나올 수 있는 거야? 아니, 나올 수 있는 거였어?"

생각해 보면 얘가 동해에서부터 나를 찾아왔으니 안 될 것도 없겠다 싶긴 했지만. 그래도 이상했다.

수정이는 나를 따라다닐 수 있는 미호나 브라우니와는

조금 다른 경우였다.

우물에 묶여 있는 정령이니까.

그래서 우물에 자리를 잡은 뒤에는 그 주변만 움직일 수 있는 줄 알았다.

아침에 나갈 때 따라 나오지 않은 것도 그런 이유인 줄 알았는데, 내 예상이 틀렸던 건가?

그러자 이런 궁금증을 해결해 주려는 듯 수정이가 손가락으로 두레박을 가리켰다.

―헤헤! 저거!

"응? 설마 이거?"

―응!

두레박이 답이었다니.

수리가 된 두레박. 그게 있는 곳이면 이렇게 움직일 수 있는 거였다니.

우물의 효과 강화라는 게 이거였나? 난 또 우물에 걸린 효과가 더 강화되는 줄 알았지.

'이것도 나쁘진 않네.'

수정이의 행동반경이 넓어지는 거니까 분명 나쁜 일은 아니었다.

지금처럼 도움도 되고.

"물을 줄 수 있어?"

―응!

"그럼 조금만 줄래?"

―알겠어!

수정이가 양손을 뻗었다.

그러자 물방울이 허공에 맺혔다.

이건 아우라가 아니라 진짜 물이었다.

'한송이가 옆에 없어서 다행이네.'

카페와 등을 지고 있어서 안에서는 볼 수 없었다.

그래도 혹시 모르니 얼른 수정이가 만든 물 덩어리를 입으로 마셨다.

"어?!"

첫맛은 엄청 시원하다였다.

그리고 뒷맛은 청량하면서 깔끔했다.

이건 생각도 못한 건데…… 혹시 이걸로 음료를 만들면?

'충분히 가능성 있어.'

수정이에게 확인은 해 보기로 했다.

"수정아."

―응?

"이 물 얼마나 만들 수 있어?"

―우움…… 이만큼?

역시 가늠이 안 된다.

이럴 땐 명확하게 할 단위가 필요했다.

"이 두레박 채울 수 있어?"

―응!

"그럼 두레박 몇 개나 채울 수 있어?"

―우우움…… 이렇게?

수정이가 손가락을 펴서 보여 줬다.

열 개였다.

저게 손가락을 셀 수 있는 최대라서 저렇게 보인 건지는 모르겠지만 일단 저 정도만 해도 충분했다.

'그렇단 말이지.'

펜션에서 수정이를 손님으로 초대한 건 정말 잘 한 일이었다.

우리 집 우물에 받아들인 것도.

"고마워."

―응!

물을 준 수정이에게 고마움부터 표현하고 생각을 정리했다.

어차피 우선 해야 할 일은 정해져 있었다.

하던 일부터 마무리해야겠지.

수정이가 준 물을 마셔서 그런지 몸도 시원하고 활력도 완전히 다시 충전된 것 같았다.

'그럼.'

마무리를 위해서 톱을 다시 들었다.

* * *

천호리 마을의 이장, 이천용은 수아와 함께 서울로 와서 수아를 안전하게 정원 엔터테인먼트에 데려다줬다.

그리고……

"안녕하세요. 오랜만이네요. 아저씨."

정원 엔터테인먼트의 대표실로 들어갔다.

그리고 자연스럽게 정원 엔터의 대표, 배준성에게 인사를 받으며 손님용 자리에 앉았다.

"신수가 훤하구먼."

"그래 보여요? 그럼 성공이네요. 그나저나 놀랐어요. 거기에 있을 줄이야."

"허허!"

이천용은 마치 배준성과 이미 아는 듯 대화를 나눴다.

심지어 배준성은 이천용 이장을 편하게 불렀다.

전혀 접점이 없을 것 같은 두 사람이 어떻게 아는 걸까.

"거기가, 그곳인 거죠?"

"지금 와서 관심이 가는 것이냐?"

"아뇨. 그건 관심 없는데 거기 있는 사람은 알아서요."

"응? 사람? 유진이 말이냐?"

"예. 팀장이었거든요. 한참 방황하고 있을 때였는데."

"호오. 둘이 아는 사이인지는 처음 알았구나. 묘한 인연이구만."

배준성의 말에 이천용이 놀랍다는 듯 어깨를 으쓱했다.

여름을 맞아 시원하게 입은 옷 덕분에 보이는 한창 물오른 근육이 그에 맞춰서 움직였다.

"……운동은 아직도 하세요?"

"운동이 아니라 생활이다 이놈아. 네놈 배에 낀 기름은 더 늘었구나. 어떠냐? 트레이닝 좀 받는 게?"

"아저씨한테요? 됐습니다. 여기도 트레이너 많아요."
"그 사람들은 네 눈치나 보겠지."
확실히 이천용이 트레이너를 해 주면 배준성도 함부로 할 수 없었다.
그러니 그런 일만은 피해야 했다.
물론 어차피 이천용이 그럴 수 있는 사람도 아니었다. 마을로 돌아가야 하니까.
그저 둘이 하는 농담이었다.
배준성은 순간 간담이 서늘해졌지만.
"찾아오신 이유는 그 애 때문이죠?"
"그래. 마침 네가 대표라길래 와 봤다. 얼굴도 볼 겸."
"걱정 마세요. 우리도 이번 프로그램은 신경 써서 짰고 또 감독할 겁니다."
"그 애도 후보자인 건 알지?"
"좀 더 큰 남자애 아니었어요?"
"너도 봤지 않느냐. 성장이 다른걸. 그리고 하나 보단 둘이 낫지."
배준성이 고개를 끄덕였다.
어차피 자신은 그쪽 세상에서 한 걸음 물러난 상태였으니 깊게 파고들 생각은 없었다.
이래도 좋고, 저래도 좋고.
그저 지금의 삶에 평온만 깨지 않으면 됐다.
"아무튼 걱정은 마세요. 매니저들 붙여서 케어 할 거니까."

"그럼 안심이고."

그 대답에 이천용 이장은 볼일이 끝났다는 듯 자리에서 일어났다.

애초에 수아를 부탁하기 위해서 온 거였다. 앞선 얘기는 그저 안부였고.

"아참. 팀장님은 어떻습니까? 그 삭막한 인간이 어떻게 거기에 있을 수 있는 건지 지금도 궁금하네요."

"글쎄. 삭막한 인간이라. 그래서 더 잘 이해하는 걸지도 모르겠구만."

"예?"

"유진이는 이미 그 할아버지를 넘어섰어."

"……!?"

이천용은 그 말을 마지막으로 놀란 배준성을 뒤로하고 밖으로 나왔다.

그러다가 우연히 고나은과 마주쳤다.

"어? 이장님?"

"으응? 자네? 허허! 여기서 보는 구만."

"네! 헤헤! 근데 왜 거기서?"

"수아 잘 부탁 좀 드린다고 얘기 좀 드렸네. 허허!"

"아하!"

"자네한테도 좀 부탁하겠네."

"걱정하지 마세요! 헷! 아차차! 저희 조만간 또 마을에 갈 것 같아요!"

"으응? 마을에? 바쁜 양반들이 왜?"

이천용은 고나은의 말에 고개를 갸우뚱했다.
생글생글 웃는 얼굴의 고나은은 어째 대표실 안에 있는 배준성보다 생각을 읽기가 어려운 듯했다.

* * *

우물에 올릴 지붕과 두레박을 걸 수 있는 고리.
그리고 우물 주변을 감싸는 울타리와 이물질이 들어가는 걸 막을 우물 뚜껑까지.
다 만들고 나니 목재를 딱 맞춰서 다 썼다.
'효과는 더 안 보이네.'
혹시나 두레박처럼 효과가 생길까 싶었지만 이번엔 없었다.
그래, 여태 계속 효과를 받았는데 또 바라면 욕심이긴 했다.
이 정도만 해도 사실 충분하니.
일단 만든 건 잠시 공터 옆쪽에 두고 집에 갈 때 가져가기로 하고.
카페로 들어왔다.
"갔나?"
이거 만드는데 집중하는 동안 한송이는 돌아간 것 같았다.
카페 안이 고요했다.
빈 컵만 카운터 위에 가지런히 올려 있었다.

'나중에 수정이가 성장하면 설거지도 시킬 수 있으려나?'

그럼 진짜 편하긴 할 텐데.

정령을 그렇게 부려도 되는 건지는 모르겠다만.

─물 다 뿌렸다!

"어? 어어. 잘했어. 고마워."

─히히! 흙과 나무가 엄청 좋아했다! 그리고 재밌다! 언제든지 시켜 줘라!

"그래? 알겠어."

물론 이미 부려 먹고 있긴 했다.

텃밭에 물을 좀 뿌려 달라고 한 것이다.

음료를 만들어 볼 생각은 있지만 당장은 아니었다.

내가 먹는 거면 몰라도 손님에게 주기엔 아직 검증되지 않은 거니까.

식음료는 위생이 가장 먼저고 제일 중요했다.

그래도 이렇게 텃밭에 물을 주는 것 정도는 괜찮겠지.

수정이도 좋아하고.

아참, 브라우니와 미호는 금방 수정이와 친해졌다. 처음엔 엄청 경계했지만 텃밭에 물을 주면서 바로 친해졌다.

순수해서 그런가?

나로선 다행인 일이었다.

수정이가 카페에 올 일이 잦을 테니까.

그건 그렇고.

"손님이네."

마침 재정비가 끝나자마자 오솔길 쪽에서 인기척이 느껴졌다.

군복을 입은 남자였다.

군복 입은 남자 손님은 말이 없는 편이었다.

오솔길과 공터를 두리번거리면서 들어온 뒤에 자리도 조용히 찾아서 앉았다.

'……상태도 안 좋네.'

이걸 당연하다고 해야 할지, 아닐지는 조금 애매한데. 어쨌든 군인으로 보이는 남자의 아우라는 썩 좋은 빛이 아니었다.

그래서 자연스럽게 눈이 계급장 쪽으로 향했다. 절로 고개가 끄덕여졌다.

작대기 두 개.

군대 생활이 줄었다고는 하지만, 아직 두 계급이나 더 지나야 제대할 수 있다.

심지어 지금 일병이면 100일 휴가를 나왔을 가까울 가능성이 높았다.

내가 군대에 있을 때만 해도 휴가 전에 한 계급 올려서 나왔으니까.

물론 경우에 따라 다르긴 했지만, 일단 이등병으로 나오는 경우는 거의 없었다.

여러 가지 이유가 있겠지만, 그중 제일 큰 것은 괜한 분쟁을 막기 위해서였다.

'잠깐 생각이 딴 길로 샜네.'

아무튼 휴가 나온 군인으로 보이는지라 저 상태인 게 이해가 됐다.
복귀하는 중이라면 말이다.
텍스트창을 읽어 봤다.

[고우람]
＊상태
―미약한 우울
―식욕 저하
―허무

맞네, 맞아. 휴가 복귀 중이네.
지금 막 휴가를 나온 거면 저런 상태일 리 없었다.
얼마 전에 나도 재입대하는 꿈에 시달려서 그런지, 왠지 짠하고 공감이 갔다.
모든 군인이 다 그렇진 않겠지만 경험한 바로는, 일단 자신의 의지가 아닌 상태로 들어가는 경우가 많으니 힘든 건 사실이었다.
바뀐 환경도, 낯선 사람도.
편하게 친구들하고만 지내다가 마주하는 딱딱한 계급 체계도.
'다 떠나서 일단 저 나이에 하고 싶은 게 참 많을 텐데.'
그런 것들이 억제된 삶은 힘들 수밖에.
"하아……."

깊은 한 숨에서 느껴지는 그 힘듦에 속으로 응원을 던졌다. 그리고 응원을 담아 만들어 줄 효과들을 떠올렸다.

뭐가 좋을까.

힘이 날 수 있는 효과?

마음을 안정 시켜 주는 효과?

아니면, 둘 다 넣지 뭐.

효과는 그렇게 넣기로 하고 아직 메뉴판을 보며 한숨만 푹푹 내쉬고 있는 손님을 다시 살폈다.

휴가 복귀가 참 힘들긴 하지.

근데 이 근처에 군부대가 있었던가?

최전방은 아니지만 있을 수도 있는 위치긴 했다.

아니면 이 근처가 집이라서 이제 다른 곳으로 가는 걸 수도 있고.

전자든, 후자든 조금 안타까운 상황이었다.

이런 시골에는 차가 별로 없어서 휴가를 나와도 거의 하루는 이동하는 데 써야 된다는 말이니까.

예전에는 그래서 제주도 사는 친구에겐 아예 휴가를 하루 더 붙여 주기도 했던 것 같은데.

'그래 봐야 1초 늘어난 거나 다름없지만.'

어쨌든 복귀 전에 여길 찾았으니, 마지막으로 잘 쉬다 가 갔으면 했다.

"하아— 나쁜 X."

응?

그때 갑자기 손님에게서 한숨과 함께 욕설이 나왔다.

갑자기 뭐지?

"어떻게 그럴 수가 있지? 이제 100일 지났는데…… 그새 고무신을 거꾸로 신어?"

혼잣말로 중얼거리는 손님.

그 내용이 심상치 않았다.

저거 설마, 휴가 나왔는데 사귀고 있던 여자 친구한테 차인 상황인 건가?

흥미가 가는 게 사실이긴 했지만, 우선 얼른 모르는 척하면서 주방에 슬쩍 들어왔다.

근데 이상하게 자꾸 손님의 말소리가 들렸다.

이별의 슬픔을 삭이는…… 절절하면서도 안타까운 말들이었다.

'상태가 저래서 그런 거였어?'

이건 휴가로 복귀하는 것 이상의 일이 인데…… 그야말로 엎친 데 덮친 격.

쓰디쓴 현실을 마주한 이등병의 상태였다. 나쁜 생각을 하지 않는 게 다행일 정도.

이거…… 더 의욕이 불탄다. 개인의 사정까진 모르겠지만 어쨌든 뭔가 복귀 전에 해 주고 싶은 마음이 무럭무럭 생겼다.

근데 뭐가 좋을까.

'……음료나 빵 말고는 딱히 없나?'

이별의 슬픔을 달래 줄 만한 건 생각이 안 났다.

아, 저 시기엔 아이돌을 좋아할 때긴 하지. 그거라면

고나은과 블루 카멜리아 멤버들이 주고 간 사인은 있긴 한데…….

'그걸 주는 건 또 좀 그렇긴 하네.'

일종의 선물을 받은 거니까.

그럼 일단 지금 할 수 있는, 심리 상태부터 안정시켜 주기로 했다.

심리 안정에는 역시 허브가 좋지. 물론 커피도 괜찮았다.

고민이 되네.

"내가 누구 때문에 민트 초코를 먹게 된 건데!"

그때 밖에서 들리는 작게 울부짖는 소리에 귀가 솔깃했다.

그럼 일단 민트와 허브는 빼는 게…….

'아니지. 오히려 같이 먹었던 추억을 덮을 정도로 더 맛있는, 인생 최고의 민트 초코를 여기서 맛보면?'

아, 맛있는 걸 먹으면 오히려 생각이 나려나?

"인제 와서 원래 민트 초코를 싫어했다니! 그래서 나도 싫다니!"

아니다. 역시 답은 민트 초코다.

민트 초코 숭배자, 수아가 들었으면 아주 격노할 이야기가 아닐 수 없었다.

수아가 말했다. 민초를 싫어할 순 있다고.

하지만 기만자는 용서할 수 없다고.

그건 또 무슨 철학이냐고 웃어넘겼는데 아무래도 민초파에겐 남다른 의미일지도.

그러니 민트 초코로 가자.

그것도 아주 효과를 듬뿍 먹여서.

추천 메뉴를 민트 초코 라테로 정했다. 프라푸치노도 여름에 시원하게 먹기 좋지만, 아무래도 쑥쑥이의 원두로 만든 커피가 들어가야 효과를 넣기 좋으니까.

그렇게 추천 메뉴를 메뉴판에 적고 기다렸다.

당연히 매력 효과를 넣은 상태였다. 그러자 얼마 지나지 않아서 손님이 다가왔다.

햇볕에 그을린 얼굴과 팔이 군복과 잘 어울리는 청년이었다.

모자를 벗어 까까머리를 괜히 쓰다듬으면서 온 손님의 시선이 추천 메뉴판에 꽂혔다.

흔들리는 눈동자. 고뇌에 빠진 표정.

"저, 조, 조금만 더 있다가 주문해도 되나요?"

"예? 아. 예. 그러세요. 천천히 주문하셔도 됩니다."

조금 의외의 상황이 펼쳐졌다.

분명 추천 메뉴판의 매력 효과는 발동된 것 같은데 주문하지 않고 더 고민을 하다니.

이런 적은 없어서 당황할 뻔했지만 자연스럽게 대응했다.

자리로 돌아간 손님은 이전보다 더 진지한 표정으로 앉아 있었다.

내가 의도치 않게 번뇌를 던져 준 건가.

'그럴 생각은 없었는데.'

실연의 아픔을 내가 너무 간과했나?

방법을 다르게 해야 하나 싶던 그때. 누군가 오솔길을 올라왔다.

이선아와 강도윤이었다.

아마 밭일을 끝내고 시원한 거 마시려고 오는 듯했다.

일단 애들이 오면 손님도 덜 부담스럽게 고민할 시간을 가질 수 있으니 환영했다.

딸랑~ 딸랑~

"……완전 시원함."

"와! 진짜네. 여기만 다른 세상 같네. 역시 에어컨 만세."

두 사람은 문을 열고 들어오자마자 떠들어댔다. 그러자 손님의 시선이 두 사람에게 향한다.

그러다가 이선아한테 고정이 됐다.

"추천 메뉴 두 개."

"왜 내 음료를 마음대로 시켜?"

"안 먹?"

"아니, 먹긴 먹을 건데."

그사이 자연스럽게 카운터 석에 착석한 둘이 티격태격하며 주문했다.

손님의 시선이 계속 이선아한테 향해 있는 게 이상하지만 일단 애들부터 응대해 주기로 했다.

"민트 초코 라테로 둘? 원두는? 먹던 걸로?"

"응."

"기다려. 금방 만들어 줄게."

이선아와 강도윤이 고개를 끄덕였다.

여름이라 밭일이 더 고된 건지 피로가 가득해 보였다.

"근데 신기하게 여기는 진짜 시원하네요. 얼음골처럼 오솔길부터 시원하던데."

"그래? 물을 좀 뿌려서 그런가?"

강도윤의 말에 대답하면서 음료를 만들었다.

수정이에게 텃밭에 물을 뿌리 전에 뒤 공터에도 뿌려 달라고 했었다.

공터 가장자리에 나무가 많아서 그늘이 있긴 하지만 반 이상이 햇볕에 고스란히 노출되어 있었다.

그래서 온도 좀 낮출 겸 뿌려 달라고 한 거다.

거기에 산에서 내려오는 바람까지 부니 다른 곳보다는 시원할지도.

'아직도 보고 있나? 응?'

카운터 쪽과 계속 대화를 나누며 음료를 만드는 와중에도 군인 손님 쪽을 신경 쓰고 있었다.

그런데 아까부터 계속 이선아에게서 눈을 떼지 못했다.

급기야…….

"저기."

이선아에게 다가와서 말을 걸었다.

이선아의 반응으로 보아 아는 사이는 아니다.

그렇다고 이별의 슬픔에 취해서 하는 행동도 아닌 듯한데…….

"그 선아? 맞습까? 게임 방송!"

"아. 네. 맞음."
"우와! 진짜 화면이랑 실물 똑같습다! 팬입니다!"
"감사."
개인 방송을 하는 이선아의 팬이었다니.
전에 휴게소에서도 느꼈지만, 생각보다 이선아를 알아보는 사람이 많았다.
이래서 이선아가 여기 시골을 못 떠나는 건가? 도시에 가면 더 많은 사람이 알아볼 테니까.
뭐, 그거야 아무튼.
이별의 슬픔은 어디 갔는지 잔뜩 들뜬 모습의 군인 손님을 보니 약간 허무함이 느껴졌다.
"군인?"
"예! 휴가 복귀 중입니다!"
"고생함."
꽤 능숙하게 팬 서비스를 하는 이선아의 모습에 굳이 끼어들지는 않았다.
옆에 강도윤도 있으니.
"주문했음?"
"아, 아닙니다! 지금 하려고 했습니다!"
"응. 시키셈. 사 줌."
음. 능숙하다는 말은 취소다.
말투를 보니 바짝 긴장한 게 분명했다.
그래도 자기 팬에게 음료를 사려는 모습은 프로페셔널했다.

"주문하시겠어요?"

이선아가 긴장한 모습이라서 슬쩍 끼어들었다.

어차피 주문도 받아야 했다.

"예! 민초 라테로 하겠습니다!"

아까는 추천 메뉴판을 보고도 고민하더니 지금은 전혀 그런 기색도 없이 바로 골랐다.

"민초 라테요. 알겠습니다. 원두를 선택할 수 있는데 어떤 게 좋을까요?"

손님이 알아보기 쉽게 정리한 블렌딩 종류를 보여 줬다.

그걸 보고 잠깐 고민하더니 이내 로스팅 향이 진한 걸로 골랐다.

"그럼 자리에 편히 계시면 음료 완성되는 대로 얘기하겠습니다."

"예!"

음료를 주문한 군인 손님은 잠깐 머뭇거리긴 했지만, 다시 자기 자리로 돌아갔다.

애써 창밖을 보는 것 같긴 한데 그래도 힐끔힐끔 계속 이선아 쪽을 봤다.

'덕질로 이별을 극복하네.'

이럴 거면 진즉에 이선아를 불렀으면 고민도 안 했을 텐데.

물론 저 군인 손님이 이선아의 팬이라는 사실을 어떻게 알겠냐마는.

'상태도 좋아졌어.'

분명 우울, 허무, 식욕 저하까지 있었던 상태였는데.
지금은 우울과 허무가 사라졌다.
식욕 저하가 남아 있긴 한데 이것도 조만간일 듯했다.
음료를 맛보는 순간 사라질 듯.
다소 허무했지만, 오히려 다행이기도 했다.
아직 남은 군 생활에 이별만 겪고 들어갔으면 음료로 좋은 효과를 줬더라도 다시 우울해질 수 있을 텐데.
이렇게 들어가면 긍정적인 효과가 있을지도?
"서비스 줄 테니까 저 손님한테 팬 서비스 좀 해 줄 수 있어? 아, 너무 부담스러우면 안 해도 돼."
주방에 들어가기 전에 이선아에게 부탁을 좀 했다.
지금도 이미 충분한 것 같긴 했지만, 이왕이면 더 좋은 기억을 가지고 가면 좋을 것 같아서.
물론 아까 이선아의 반응으로 보아 거절할 가능성이 높았다.
조금 부담스럽고 긴장한 듯했으니.
"서비스는 됐고. 나중에 부탁 하나 들어 주기. 어떰?"
"응? 부탁?"
"응."
"뭐…… 부담스러운 거나 할 수 없는 걸 시키는 거 아니면 들어 줄게."
근데 이선아가 의외의 제안을 했다.
부탁이라니. 무작정 다 들어 줄 수 있다고 할 순 없고 조건을 달았다.

"콜."

그러자 이선아가 의미심장한 미소를 지으며 승낙했다.

그러더니 갑자기 벌떡 일어서서 군인 손님에게 다가갔다.

"사진 찍을래?"

"어!? 지, 진짭니까!?"

"응. 폰."

"대박!"

그리고 사진을 찍어 주고 거기서 또 사인까지 해 줬다……
긴장하고 부담스러워한다는 건 그냥 내 착각이었나?

어쨌든 방금 팬 서비스로 군인 손님의 상태는 완전히 좋아졌다.

이제 음료로 식욕 저하만 풀면 될 듯했다.

'그거야, 쉽지.'

목생의 재능을 펼쳤다.

그리고 음료의 재료가 춤을 추며 순식간에 민초 라테 석 잔이 만들어졌다.

―우와~!

그 모습에 감탄하는 수정이를 뒤로하고 음료를 들고 카운터로 나왔다.

"주문하신 음료 나왔습니다."

(회사 때려치우고 카페 합니다 8권에서 계속)